トッピングカップル

広友 孝美

「ああねああね。ヒラーシソアリ♪」

沙羅魅

目次

トッピングカップル 1 6
トッピングカップル 2 8
トッピングカップル 3 10
トッピングカップル 3.464 12
トッピングカップル 0.8 15
トッピングカップル 0.7 17
トッピングカップル 0.6 19
トッピングカップル 0.5 25
トッピングカップル 0.3 28
トッピングカップル 0.2 30
トッピングカップル a 32
トッピングカップル 11 36
トッピングカップル 11.9 36
トッピングカップル い 39
トッピングカップル ろ 40
トッピングカップル は 40
トッピングカップル 47 43
トッピングカップル V 45
トッピングカップル 2193 47
トッピングカップル 11000 50
トッピングカップル 0.43 52
トッピングカップル 17.8 53
トッピングカップル Str 54
トッピングカップル 628 56
トッピングカップル 196 57
トッピングカップル 29 61
トッピングカップル 1192 63
トッピングカップル 211 66
トッピングカップル 272 68

トッピングカップル 23.4	69
TP 9460730472580800	71
トッピングカップル 53	73
トッピングカップル 35	76
トッピングカップル 1968	79
トッピングカップル 77	80
トッピングカップル d	83
トッピングカップル q	85
トッピングカップル 14	87
トッピングカップル 1602	90
トッピングカップル 1118	92
トッピングカップル 1031	95
トッピングカップル 7522	97
トッピングカップル 791056	99
トッピングカップル 1111	101
トッピングカップル 7974	103
トッピングカップル ひ	106
トッピングカップル 1475	108
トッピングカップル 572	110
トッピングカップル 128	113
トッピングカップル の	116
トッピングカップル J	119
トッピングカップル 茶	121
トッピングカップル K	124
トッピングカップル K2	126
トッピングカップル BK	129
トッピングカップル 20	132
トッピングカップル 0.1 未満	134
トッピングカップル 0	136
トッピングカップル 01	139
あとがき	150

トッピングカップル１

「ね〜、公太郎。ピザって10回言ってみて？」
「え、なんで？」
「いいから言ってみてよ〜」
「めんどくせぇよ。沙羅魅」
「一生のお願いだから〜。公ちゃん〜」
「一生のお願いじゃあ、しょうがねぇな、わかったよ。ピザピザピザピザピザピザピザピザピザ」
「ありがとう。それでは問題だすよ！」
「え、問題！？　そんなの聞いてねぇぞ！」
「さて、あなたは今何回ピザと言ったでしょうか？」
「え〜！　マジ？　おめぇアホかよ！」
「マジだし！」
「くそ〜、オレ数えてなかったよ〜」
「やれやれ、公ちゃんに足りないのはそういうとこだぞ〜」
「黙ってろよ、今考えてんだから。こうなったら勘で当てるしかねぇか。じゃあ９回！」
「ぶぶー、おしい！　正解は10回でした〜。最初にピザって10回言ってって言ったのに覚えてないなんてもったいな〜い。では、約束通り今度の日曜日は山に海水浴に連れて行ってね♡」
「ふふふ」
「やだ変な笑い方して。沙羅魅とお出かけそんなに嬉しいの〜？　沙羅魅超うれしい〜♪」
「ちげぇよ。おめぇは詰めが塩かけたスイカぐらいあめぇな。もう１回読み直してみな。オレは本当に９回しかピザって言ってねぇんだぜ！」
「な、なんですって！　公ちゃん、たばかったのね！」
「ふふふ、それはちょっとちげぇな。オレは数字を２桁まで数えるのが面倒だから繰り上がる前の９回で止めておいたのさ。そして、山で海

水浴っておめぇは本当にアホだな。山は山川浴って言うんだぜ。辞書を引け辞書を!」
「そうなんだ。やっぱり公ちゃんは理系だから頭いいね〜」
「それほどでもねぇし!」
「照れてる所もかわいい〜ｗ」
「じゃあこの勝負オレの勝ちってことで、日曜は海でキクラゲ狩りだな!」
「うん。キクラゲいっぱいいるといいね。コラーゲン取り放題だね!」

…………

私がカフェで聞いた内容は以上です。
こんなカップル本当にいるんですね。

なんてやつらだ。サラミとハムタロウ。

トッピングカップル２

「コラーゲンいないね〜」
「そだな。シジミしか採れねぇな」
「コラーゲンないけど、みそ汁食べ放題だね！」
「はぁ、おめぇ何言ってんだよ？　みそ汁はアサリだろ！」
「え、マジ？」
「本気と書いてマジ！」
「沙羅魅知らなかった〜！」
「これだからお嬢様はダメなんだよ」
「ダメとか言わないでよ、も〜！」
「スマソスマソ。暑くなってきたし、そろそろ帰るか」
「またヒッチハイク？」
「しょうがねぇだろ、今バイク乗れねぇんだから」
「絶対おかしいよね。自転車は免許いらないのにバイクはいるって！」
「だよな。どっちもタイヤ２つだぜ」
「それより公ちゃんが車の免許取ればいいじゃん！」
「はぁ、あれ筆記試験がめんどうなんだよ」
「大丈夫だよ。公ちゃん頭いいから〜」
「でもオレ理系だからなぁ」
「そっか。理系だからしょうがないか〜ｗ　それじゃ、早くバイクの免許取ってね♪」
「おう！　まかしときな！」

「めずらしいね、ヒッチハイクなんて。エンスト？」
「まぁ、似たようなもんです。東京の方まで乗せてってもらえませんか？」
「あぁ、いいよ。さあ乗って」
「ありがとう。あたし沙羅魅。こっちは公ちゃんよろしくね！」
「サラミとハムちゃんね。私は波路琉。よろしく」

…………

そう。これがサラミとハムタロウとバジルの出会いであった。

☆沙羅魅☆
1995年生まれ
自称乙女座の獅子座
好きな言葉は「彩色兼備」
好きな食べ物はカレー、ラーメン、パスタ、うどん、焼肉、卵かけご飯、ハンバーグ、オムライス、寿司、からあげ、ポテトフライ、コロッケ、ピザ、オムレツ、お刺身、フライドチキン、フライドポテト、トンカツ、蟹、卵焼き、馬刺、竜田揚げ、ポテトチップス、カニクリームコロッケ、目玉焼き、ゆば刺し、油淋鶏、フレンチフライ、エビクリームコロッケ……つづく

トッピングカップル3

「2人とも潮干狩り行ってたんだ。アサリ採れた?」
「見てみて〜! シジミがこんなに採れたの!」
「あ、海にいるのはシジミか。すごい量だね。大変だったでしょ?」
「うん。おにぎり食べながら探したんだけど、こんなの朝飯前だよ!」
「でも、目的のキクラゲはいなかったよな。沙羅魅」
「へぇ、キクラゲも採れるんだね。知らなかったよ」
「今日は採れなかったけどね。次こそはゲットするよ! 波路琉ちゃんも今度一緒に行こうよ!」
「いいね。今度行こうね。で、2人はどの辺りに住んでるの? 足立区とか?」
「杉並っす!」
「へぇ、意外だね。かなり意外だね」
「別に意外じゃないよ。波路琉ちゃんはどこ?」
「私は北区」
「じゃあ、今から帰るとこ?」
「そうだよ」
「じゃあ北区に帰宅だねw」
「ぶは! 沙羅魅変なこと言ってんなよ!」
「サラミちゃんって面白いね」
「まあね。小学校の頃ダジャレ検定3級だったから〜」
「そんな検定あるんだね」
「そう荒川先生が作ってテストしたの」
「あぁ、そういうやつか」
「マジかよ沙羅魅。ハガレンの?」
「んなわけないじゃん。眼鏡のおっさんだったもん」
「いや、わかんねぇよ。その眼鏡のおっさんが秘密でハガレン描いてたのかも!」

「え、マジで！？」
「弘と書いてマジ！」
「沙羅魅あの時サインもらっとくんだった〜」
「いやいや、ハガレンの人は女の人でしょ」
「いやいや、ちっちゃくて三つ編みだけど男だし」
「いやいやそっちじゃなくて」
「いやいやいやいや、鎧は弟だし」
「そうじゃなくて、作者はたしか女の人だよ」
「え〜、波路琉ちゃん、それマジ！？」
「マジだよ」
「うわ〜、オレ騙されてた〜。ハレハレ詐欺だよ」
「いや、騙してないと思うよ。しかもハガレンさらに略すとかさ。それでさ、杉並だったらどっかから電車乗る？」
「中央線かな〜？」
「そっか、じゃあ市川はどう？」
「総武線か〜」
「いいじゃん沙羅魅。繋がってんじゃん」
「え、それマジ？」
「真実と書いてマジ！」
「さすが公ちゃん、地図が読める男子！」
「いやいや、それぐらいわかっとけよ。江戸っ子だろ」
「別に江戸っこじゃないし〜」
「と言ってるうちにそろそろ着くよ。今度一緒にご飯とかどう？」
「いいよ。沙羅魅はご飯よりパン派だけどね！」

……

4に続く……

トッピングカップル 3.464

「赤ちゃんかわいいね」
「かわいいな」
「アレが人間になるんだね〜」
「そうだな。人間に……、って、すでに人間だし！」
「え、マジ？」
「真面目と書いてマジ！ おめぇは赤ちゃんのことなんだと思ってた訳？」
「え、人間でしょ？」
「だよな！ それよりこのトロロそばうめぇ」
「沙羅魅のカツ丼だって美味しいよ♪」
「おめぇうめぇのはわかるけどよ、何でそば屋でそば喰わねぇんだよ」
「いいじゃん。沙羅魅は食べたい物を食べたい時に食べるダイエットしてるんだから〜」
「へぇ、おめぇダイエット始めたの？」
「そうだよ。すごいでしょ♪」
「あぁすごいな。で、何キロになったんだ？」
「3キロ減って、2キロ戻って、1キロまた減って、4キロ戻ったから、のべ10キロは減ったんじゃない？」
「へぇ、やるじゃん。で、今何キロ？」
「その手には乗りません〜。今日は教えてあげないもんね〜。身長は144メートルだけどね〜」
「ちっちぇよな。144って」
「沙羅魅ちっちゃくないもん！ 144メートルだもん！」
「はいはい。早く共食いしないと冷めちまうぞ」
「共食いじゃないもん！」
「はいはい。早く補食してください。嗤う豚さん」
「言われなくても食べるもん！」

「ところで、144ってことは12の2乗だな」
「なにそれ？」
「かけ算だよ。12かける12ってこと」
「え、九九完全に超えてるじゃん！」
「はぁ、これぐらい常識だろ。
いろいろ煮込む (16×16=256)
いいないいな2泊 (17×17=289)
イヤイヤミニよ (18×18=324)
行く行くベルサイユ条約 (19×19=???) 」
「へぇ、公ちゃん。頭よすぎ！」
「まぁな、理系だからな」
「理系ってみんな頭いいよね」
「もちよ、もち。モチモチの木よ」
「それ怖い絵のヤツw」
「当たり前だのキュウカンバー！」
「なにそれ？」
「昔流行ったCMだよ」
「へぇ、公ちゃん何でも知ってて超リクエスト！」
「そんな尊敬すんな。照れるだろ」

「とろろで、スマスマってスマップかけるスマップってことだったの？」
「まぁ、そうなるな」
「つまり……どういうこと？」
「オレに聞くなよ。ジャニーズ専門外だし」
「そっか。ととろで、他に面白い語呂合わせないの？」
「そうだな。人殺しシェークスピア。1564生まれな」
「へぇ、その人殺しはいつ死んだの？」
「1616年」
「え、マジ！ 煮込まれたってこと！？」

「お、マジか！　えげつねぇなハムレット！」
「じゃあ、他にも1616年に死んだ人いる？」
「そりゃいっぱいいるだろ。いっちょググってみるか！」

「いたいた。徳川家康！」
「えー！　3代目幕府に煮込まれてたんだ！」
「えげつねぇな。きっと織田信長にやられたんだぜ！」
「え～、やだそれ～。もうフィギュアスケート心穏やかに見れないかも～」
「あとミゲル・デ・セルバンテス？」
「誰それ？」
「あ、ドン・キホーテの人みたいだぜ」
「え、激安の殿堂！？　儲け過ぎて暗殺されたんじゃない？」
「あるえるな！　えげつねぇなイルミナティ！」
「でも、復活したんだよね。そのメルセデス強いね！」
「強ぇな、メルセデス・ベンツ！　ちなみにシェークスピアの妻はアン・ハサウェイらしいぞ」
「え、マジ！？」
「真相と書いてマジ！　ウィキペにそう書いてある！」
「プラダを着た悪魔とレ・ミゼラブルでしょ！」
「それな！」
「つまりレ・ミゼラブルがきっかけで2人はレ・ミゼ・ラブったんじゃない？」
「原作者ずり～わ～。職務乱用だよ～」
「ずるいね～。あんなかわいいお嫁さんになりたいよね～」
「オレはお嫁さんになんねぇけどな～」

……

ドゥーユーノーユーゴー？

トッピングカップル 0.8

「なんだっけ？」
「なにが？」
「あれの名前」
「あれってなんだよ沙羅魅？」
「あのなんか変な名前の」
「グシケン？」
「ちがくて、サルみたいなやつ」
「ガッツイシマツ？」
「なにそれ？」
「サルみたいなやつだろ」
「ちがくて、アウスターピテクタみたいな」
「あぁ、あれな。アウスタラピロテクスだろ」
「そう、それそれ！　アウストラピロテクス！」
「ちげーよ、アウスタラピロテクス」
「アウストラロピテクス？」
「違う！　だから、アウスタラピロテクス！」
「アウスタラピロテクス！」
「そう。アウスタラピロテクス！」
「なんだ。アウスタラピロテクスか〜」

「で、何で急にそれが出てくるんだよ」
「この前、桃苺橙ちゃんとカラオケ行ったらそれ歌ってたから」
「そんな歌あんのかよ？」
「ついたー！　ってやつ！」
「は？　なんだよそれ？」
「だからついたー！　ってやつ！」
「いや、わかんねぇよ。他の情報を出せ！」

「人類が初めて木星に着いたとかいうやつ」
「あぁ、それな」
「知ってるの？」
「あぁ、ジュピターだろ」
「ジュピター？」
「そう。木星は英語でジュピターだろ」
「えー、ジュピターって木星のことだったの？」
「当たりめぇだろ。水星はマーキュリーで金星はビーナスだし」
「えー、セーラムーンと同じじゃん！」
「そこから取ったんだろ？」
「じゃあさ、キンモクセイはビーナジュピターかな？」
「あぁ、そうなるな」
「やった、英語力上がったかも♪」
「やれやれ、そんなのチンパンジーでも知ってるぜ」
「えー、うそ〜」
「一般常識というか、チンパン常識だな」
「ファァ〜！　チンパン常識ｗ」
「おめぇもう少し勉強しろよな」
「気が向いたらね〜」

……

２人はピテカントロプスになれないかもしれない。

トッピングカップル 0.7

「スマホってさぁ、変だよな」
「え、なんで？　公ちゃん」
「だってスマートだぜ」
「いいじゃん。頭いい電話でしょ。このパフェ美味しい♪」
「マジ？　あっ、うめぇ！」
「でしょ〜」
「で、おかしいんだよ」
「なにが？」
「スマホが！」
「え、壊れちゃったの？」
「ちげぇよ、名前がだよ」
「頭いい電話でしょ。やっぱこのパフェ美味しいね〜」
「うまいよな〜。で、おかしいだろ！」
「パフェが？」
「おまえが！　てか、スマホ！」
「あぁ、スマホね〜。なんで？」
「スマートって細いって意味だろ」
「え、そうなの？　頭いいじゃないの？」
「だってやせてる人のことスマートっていうだろ？」
「あ、そうだね。沙羅魅みたいにね♪」
「はぁ、おめぇはスマートじゃねぇだろ」
「そんなことないよ。ひど〜い！」
「じゃあ、おめぇ今体重何キロだよ？」
「55キロ。女の子に体重聞くなんて失礼だよ〜」
「55か〜」
「え、何で知ってるの！？」
「おめぇが今言ったんだろ！」

「あ、そっか。でもね公ちゃん、女子はこれぐらいある方が健康的なんだよ♡」
「普通はな。でも、おめぇ普通よりちっちぇじゃん」
「沙羅魅ちっちゃくないもん！　ちゃんと144あるもん！」
「はいはい」
「もう〜」
「でスマホはさぁ、名前を変えるべきだと思わねぇか？」
「いいんじゃない別にそのままで〜」
「で、オレは考えたわけだよ。頭がいいは賢いだろ、しかもスマホは魔法みたいに指一本で何でもできるだろ？」
「それで〜？」
「そして、ついにオレはかっこいい名前を発明した！
名付けてウィザードフォン！」
「え、マジ？」
「強気と書いてマジ！」
「マジかっこいいじゃん！　ウルトラかっこいいじゃん！」
「なぁ、かっこいいだろ！　ウルトラぴったりだろ！」
「じゃあ、通称ウィザホだね！」
「は、ちげぇし。電話はフォンだからウィザフォだし！」
「ウィザフォw」
「これは今年のノーベル流行語大賞間違えなしだな！」
「間違いないね♪」
「記念にアイフォン新しいの買っちまおうかな〜」
「いいね。アップルのフィザフォ〜」
「ちげぇよ！」
「え、なにが？」
「アポーのフィザフォだろ！」
「アポーのウィザフォーw」

トッピングカップル 0.6

「ねこかわいい〜」
「かわいいよな、猫」
「あ、行っちゃった」
「野良猫だな」
「どうして？」
「人に慣れてないだろ、首輪も着けてないし」
「へぇ、公ちゃん天才すぎ！　名推理だね♪」
「これぐらい朝飯前だし」
「沙羅魅、朝ご飯の話したらお腹すいちゃった。なんか食べよ〜」
「あぁ、そうだな。ファミレスでも行くか」

「ナンにしようかな〜」
「オレはチーズにするか。すんませーん。注文お願いします」
「えっと、あたしはナンとチキンマサラ。辛さは甘口で。あとタンドリーチキンと名犬じゃなくて、ヨーグルトラッシー。え、セットの方が安いの？　じゃあ、そのマハラジャセット。あとシーザーサラダ。え、サラダはセットに入ってるの？　じゃあ、いらないです」
「えっと、オレはチーズナンとサグパニール。辛さは幸口で。でタージマハルセットで飲み物は名太じゃなくて、マンゴーラッシーでお願いします」

「いや〜、インド人がやってるファミレス初めてだな」
「そうだね。ううん、待って。インドネパールって書いてあるからネパール人かも！」
「おい、ちょっと侍てよ。それだったらインドネパール人だろ？」
「そっか、インドネパール人か！　目がデカくてうらやましいね〜。顔の半分以上目だよ〜」

「そうだな。8割以上目だな〜」
「まつげも長くてマスカラいらなそう」
「そうだな」

「公ちゃん、来た来た！　めちゃくちゃデカいよ！」
「なにが？」
「ナンが！」
「え、なんだって？」
「そう。ナン！」
「は？」
「とにかく見て見て！」
「うわ、なんだあれ！　なんか遠近感狂ってるし！」
「そうなの！　アンパンマンぐらいデカいんじゃない？」
「いや、そこは薄さ的に食パンマンだろ」
「そっか。カレー付けたらカレーパンマンだね♪」
「そうだな。カレーナンマンだな！」
「カレーナンマン w」

……

『ねこわめしからけんさむらい』気づいたかな？

「おい、見てみろよ。沙羅魅」
「なに？」
「……オレのカレー緑色だぞ」
「うん。綺麗な色してるね♪」
「ああ、ウソみたいだろ。死んでんじゃねぇか？　これで」
「え、でもカレーはすでに死んでるんじゃない？」
「それもそうだな。もしかして、サグじゃなくてザクカレーだったんじゃね？」
「あ、それ、あるえるね！」
「あるえるだろ？」
「きっと辛さが激辛だと赤くなるんじゃない？」
「赤いの食べたかったら３倍辛いの頼めってことか……いや、３倍のスピードで混ぜたら赤くなるんじゃね？」
「それあるえるね！」
「あるえるだろ！」
「混ぜてみたら？」
「あぁ。やってみるか！　ハムタロウ、行きまーす！」

「かわんねぇし！」
「おかしいね。あっ、もしかして油揚げ載せたら赤くなるんじゃない？」
「なんでどん兵衛の話になるんだよ！」
「そっか。天ぷら載ってないもんね……。赤いのはシャアさんしか食べられないのかもね」

「なんだよ。これほうれん草のカレーだったのかよ。だったら名前ポパイカレーにしろよな」
「サグなんて紛らわしい名前だもんね～。でも、教えてもらってよかったね」
「あぁ、けっこううめぇな、サグパニール」

「沙羅魅のチキンマサラも美味しいよ♪」
「マサラってことはカントー地方だな」
「そだね〜。え、インドはポケモンいるの？」
「さすがにそれはねぇだろ」
「そうだよね〜。ところでパニールってなんだろうね〜」
「しらね。喰えればなんでもいいし」
「バニーぽいからうさぎかもね〜」
「それあるえるな！」
「あるえるよね！」
「うさぎうめぇな〜。ってこれ肉入ってねぇし！」
「マジ？」
「衝撃と書いてマジ！　マジ詐欺だし！」
「わかった。うさぎが入ってなくてこれ詐欺だってなるからそういう名前なんだ！」
「つまりパニールはうさぎ詐欺ってことか。マジパねぇな、このカレー！」
「てか、うさぎ詐欺ってなんか回文ぽいね！」
「だな、竹やぶ焼けた。うさぎ詐欺。似てるな！」
「インドネパール人ってすごいね〜」
「インドネパール人ってすげぇな〜」

「これ犬入ってねぇな」
「犬いないね〜」
「ラッシーなのにな」
「ラッシーなのにねぇ。白い犬溶かしたのかな？」
「それはインドネパール人パねぇな」
「パないねぇ。えげつないねぇ〜」
「でも、かなりあめぇなこれ」
「あまいね。糖尿の犬だったんじゃない？」

「マジかよ？　気持ち悪いなこれ」
「でも美味しいねぇ」
「あぁ、うめぇからいいか」

「ねぇ公ちゃん。ナンってなんでナンなんだろうね？」
「そりゃ、ナンはナンだからナンなんだろ」
「なんだ。ナンはナンだからナンなんだね」
「そうだよ。インドネパール人がナンって言ったら誰がなんと言おうとナンなんだよ」
「ところで今何回ナンって言ったかわかる？」
「それは何回ナンのナンまで入れるのか？」
「え、どのなんのこと？」
「だから今何回ナンって言ったかの何回ナンだよ」
「う～ん。なんかよくわからなくなっちゃった」
「そのなんも入れるのか？」
「え、沙羅魅またナンって言ってた？　なんて言ってた？」
「なんかよくわからなくなっちゃった。のなんだよ」
「すごい公ちゃん！　沙羅魅がなんて言ってたのかちゃんと覚えてるんだね！」
「何の話だ？　ただ繰り返しただけだろ」
「いや、でもすごいよ。沙羅魅なんてさっきなんて言ったかなんて覚えてないよ」
「なんで覚えてねぇんだよ。なんだかんだ言ってもそれぐらい覚えられるだろ？」
「え～、もうなんかよくわからなくなってきちゃったよ」
「なんだよそれ。おめぇが先になんを何回なんて言って来たんだろ！」
「だってなんかよくわからなくなんてきちゃったんだもん～！」
「おめぇ、言ってること変だぞ！」
「なん、なんですって！」

「おいおい、おめぇさっきからなんなんなんなん、なんなんだよ！」
「そっちこそ、なんなんなんなん、なんなんだよ！　ってなんなのよ〜！」
「なんでおめぇ逆切れしてんだよ。なんなのか聞いてるのはこっちだぞ！」
「だって、もうなんばっかりでなんもわかんなんだもん！」
「待て、沙羅魅！」
「なんなのよ〜！」

「落ち着け、沙羅魅ッ！　これはスタンド攻撃ってやつだッ！」
「え、なにそれ！？」
「いいからこの店出るぞッ！」
「え、なんで！？　じゃあトイレ行ってから！」
「ダメだッ！　トイレで襲われるのがパターンだッ！」
「え〜、我慢できないよ〜！」
「おめぇ、なんで我慢できねぇまでトイレ行かなんだよッ！」
「まだ大丈夫だけど、お店出る前に行きたいの〜」
「ダメだッ！　たぶん店員の中の誰かがスタンド使いだから一刻も早くここから出るぞッ！」
「え〜、なにそれ〜。じゃあ、急いでコンビニ行こう！」
「よし、行くぞッ！」
「昭和27年11月11日！」
「なんだって？」
「吉幾三ってこと！」

……

逃げる様にカレー屋から出た２人。
そして、この２人がこの店に来ることはもうないだろう。

トッピングカップル 0.5

「あの人絶対そうだよ」
「マジかよ。そうは見えないぜ」
「公ちゃん。意外とああいう人がそうなんだよ」
「でもまだ決まってねぇだろ」
「いやいや、これは確実ですよ公太郎さん」
「おめぇなんだよ、急にその話し方」
「探偵だよ♪」
「なんのドラマまねてんだよ？」
「オリよオリ。オリジナル♪」
「へぇ。じゃあ、名探偵さん。なんであの人がそうだって言えるんですか？」
「それはこのお店が『おかまの釜屋』だからなのよっ！」
「だからっておめぇ、あの人オカマじゃねぇだろ～」
「間違いない！　ジャスティスッ！」
「なんだよそのキャラ」
「だからオリだよ。オリジナル。濡れ衣名探偵シリーズ桜川桃子」
「ぬれぎぬってなんだよ。逃亡者か？」
「濡れ衣はもちろん。お色気だよ♡」
「はぁ。おめぇにお色気とかありえねぇし」
「あるえるもん！」
「あるえるか？」
「あるえる！」
「あるえぬ！」
「あるえます！」
「あるえません！」
「とにかく！　アルエッティ！」
「いや、アルエナティーヌ！」

25

「え、ちょっと、それどこの女よ！」
「はぁ、オリだよオリ。オリジナル！」
「そのお方どこにおられるのよ！」
「だからオリジナルだよ！」
「いいえ、言い逃れはできませんわよ！」
「逃れるもなにもねぇし！」
「この節穴、ただの目じゃなくてよ！」
「なんだよそれ？」
「亀有にメアリーありと言われた桜川桃子は騙されなくてよ！」
「なんかはじまったぞ」
「いいえ、あなたは決定的なミスを３つ犯しているわ！」
「は？」
「１つ、おかまの釜屋はこの店の上の階。２つ、私はさくらかわももこではなく、おうかわとうこ！　３つ、あの女性は女だからオカマではなくノーマル、普通のノーマルなのよ！」
「な、なんだって！」
「そして４つ、釜飯マンとチーズは同じ声優なのよ！」
「おっ、おっはーーー！」
「おほほほほ！　この難事件も桜川桃子にかかればこんなもんよ！」

「ふはははははは！」
「ハムカツ王子。潔く負けを認めるのね？」
「このオレ様が負けたと思っているのか？」
「なに？　私の名推理に間違いがあるとでも？」
「あぁ、教えてやろう。おめぇがエレベーターのボタンを押した後にオレ様は３階を２度押しでキャンセルして、上の４階を押していたのさ」
「な、なんですと！」
「さらにあの女性はアルエッティではなく香山さんだ。しかもすでにバンコクで性転換手術を終わらせた筋金入りの元男性、冬樹さんだ！」

「なぬ！」
「そして、おっはーは慎吾ママではなく山ちゃんが元祖だと思われがちだが、意外とベッキーなのだ！」
「そ、それはやばい！　クリーンな私のイメージがベキベキと音を立てて崩れさって行く〜ッ！」
「さあ、桜川！　潔く負けを……」

「なんで追い出されちゃったのかな〜？」
「知るかよ」
「エレベーター来た〜。あれ？　ここ５階だったみたいだよ！」
「え、マジ？」
「マジ！」
「じゃあ、オレたち何の店に行ってたんだ？」

……

誤解が招いた２人の出現により、香山さんは次の日からお店に来なくなったそうだ。

トッピングカップル 0.3

「公ちゃん。みかん美味しいね♪」
「だな」
「みかんの皮って何かに使えるっけ？」
「目つぶし！」
「違くてもっと生活の知恵的なやつ！」
「ねぇな」
「そっかないか〜」

「みかんってどこで取れるんだっけ？」
「愛媛だろ」
「愛媛って何があるんだっけ？」
「みかん」
「他には？」
「ねぇな」
「そっか。かわいい名前だけで何もないのか」

「愛媛って四国だよね」
「だな」
「四国って他に何県があるんだっけ？」
「えっと愛媛、高知、香川、うどん県だな」
「あ、うどん県ってそこか！」
「香川もうどんが有名で、高知は名古屋コーチンだな」
「そっか。愛媛だけくだものなんだね」

「あれ？　阿波踊りって四国だよね」
「そうだな」
「何県だっけ？」

「徳島だろ」
「え、今四国に徳島入ってなかったよ?」
「マ、マジか? パラドックスじゃん!」
「わかった! 徳島だけに島国なんだ!」
「ああそうか。四国大陸の横にちょこんとあるあれか!」
「そうそう。みんながこまめ島って呼んでるやつね!」
「はぁ? こまめって書いてあずきって読むんだろ」
「あ、あずき島ね。二十四の瞳の舞台だよね〜」

「みかん美味しいね」
「だな」
「あれ? このみかん和歌山産だって」
「愛媛にある和歌山で採れたんだろ」
「なんで和歌山って名前なの?」
「それは松尾芭蕉が奥の細道で立ち寄って、みかんの和歌を詠んだ山だからだろ」
「ああ、そういうことか!」

「みかん美味しいね」
「だな」

……

次の日、手と足の裏が黄色くなった沙羅魅と公太郎であった。

トッピングカップル 0.2

「頭痛が痛いと大変だよね〜」
「はぁ？　沙羅魅それ重語だぞ」
「え、なにそれ？」
「頭痛って言葉の中に痛いって意味が入ってるから痛いが2重になって変ってこと」
「なるほど〜、夏は暑いとかご飯が美味しいとかね！」
「そゆこと」
「じゃあさ、なんて言えばいいの？」
「そりゃ、頭痛が面白いとか頭痛がかわいいとか言えばいいんだろ」
「え〜、それだったら頭痛が腹立たしいとかの方があってるよ〜」
「まぁ、そうとも言うな」

「沙羅魅、空腹でお腹超すいちゃった〜」
「おい、それまた重語だぞ！」
「そっか。お腹はすくものだもんね。沙羅魅のお腹超かわいい！」
「それはどうなんだ？」
「え〜、かわいいよ〜」
「おめぇのかわいいとこは顔だろ？」
「あ、そっか！　って、照れるじゃんｗ」
「別に褒めてねぇし！　本当のこと言っただけだし！」
「え、褒められてないのに嬉しいってこれ何？　しかもなんだか腹立たしい気分にもなってきたよ！」
「つまりそれは空腹で腹が立ったってことだろ」
「あ、なるへそ〜。お腹だけになるへそ〜」

「ねぇねぇ、このいちごのショートケーキって重語じゃない？」
「え、なんでだよ？」
「だってショートケーキって言ったら、いちご載ってるやつねってみんなわかるじゃん」
「たしかにそうだな！　ってことはオレが食べてるバニラアイスも重語じゃん！」
「え、なんで？」
「いいか、ただのアイスって言ったら何味を思い浮かべる？」
「バ、バニラだ〜！」
「だろ！　ってことはバニラアイスは2段重ねのバニラ味のアイスじゃないといけないわけよ」
「そうなるね！　ってことはいちごのショートケーキはいちごが2つ載ってないとダメってこと？」
「そうなるな！」
「やだ〜、みんな損してるじゃん！」
「きっとこれはケーキ屋の陰謀だぜ」
「絶対そうだね。気づいちゃったね！」
「でも、大きな声で声に出すなよ。気づいたことに気づかれたら確実にオレら消されるぜ！」
「うん。お客さんにスパイが紛れ込んでるかもしれないもんね！」

……

この後も2人は野菜サラダ、チーズグラタン、海老の天ぷら、栗のモンブラン、キャベツの千切りの話題で話が盛り上りヒートアップしたのだった。

トッピングカップル a

「このタンスはどれくらいですか？」
「違うんじゃね？」
「このタンスはこことそこでどのくらい？」
「沙羅魅。これハウマッチで値段聞いてるんだぞ」
「このタンスはおいくらですか？」
「あ〜、イライラするな。これぐらい簡単だろ！」
「だって、英語難しいじゃん！」
「ちょっともっかい問題見せてみろよ」

How much distance is there between here and there?

「これはだな。このタンスの値段をここからそこの間でどれくらい動かせるか聞いてるわけよ」
「うんうん」
「つまり値引きをお願いしてるわけな」
「ということは、『このタンスはどれくらい値下げできますか？』ってことね！」
「ご名答！」
「やった！　公ちゃんに聞いてよかった〜♪」
「よし。次の問題やってみろよ」

「えっと、あれを飲まないんですか？」
「どれだよ」
「ギンガー？」
「は？　それジンジャーだし！」

「あ、ジンジャーね！」
「しかも Why don't you は（〜しないんですか？）　じゃなくて（〜してはいかがですか？）　だからな」
「そっか。で、ジンジャーってどういう意味だっけ？」
「は？　おめぇそこからかよ。それはそのまま日本語になってるだろ」
「え？」
「いいか。もっかい問題見るぞ」

Why don't you drink ginger ale?

「これはだな。神社のアレ。つまり、神社の入り口の龍の口から出てる水のことを言ってるわけじゃん」
「あ、沙羅魅わかった！　『手水舎の水を飲んだらいかがでしょうか？』だね！」
「グッド！　これがいわゆる観光地で使う生きたフレーズってやつよ！」
「すごーい！　公ちゃんの英語力って本当すごいね！」
「もちよ。もち！　ちなみにモチベーションってあるだろ」
「うん」
「あれはな、日本語からできてるんだぜ！」
「え、マジ？」
「magic と書いてマジ！　元は祝いの席で炊いた赤飯から」
「わ、どゆこと、赤飯？」
「それを言うなら、『What, do you call to, Sekihan?』だろ？」
「わ、バイリンガル！　バイリンボーイ！」
「で、赤飯は餅米だろ」
「うん」
「赤飯を食べた外国人がもちもちした食感に感動して『これモチベイっしょ！　モチベイっしょ！』ってはしゃいでテンション上がった状態を

見た福沢諭吉がモチベーションって単語を作ったって話よ」
「え〜、一万円が作ったの！？」
「あと自由って言葉を作ったのもな！」
「え〜、自由が丘も作ったってこと！？」
「まぁ、そうなるな」
「わぁ、トリビア！　トレビア〜ン！　あと自由の女神も作ったの？」
「それは大工さんだろ！　あと慶応も作ったらしいぜ」
「K.O.！　諭吉はストリートファイターだったんだね！　沙羅魅強い男って尊敬しちゃう！」
「やっぱ強ぇ男はいいよな！」

沙羅魅の今日のおさらいコーナー♪

金と力の象徴こそが福沢諭吉です。
Money and Power is The Fukuzawa Yukichi destroy！

公太郎からのメッセージ
みんな！
Fool で Poor な沙羅魅と一緒に英語の Engish を勉強しようぜ！

To be continued……

トッピングカップル 11

「お餅つきじゃなくてなんだっけ?」
「お墨付きだろ」
「そう、それそれ!」

トッピングカップル 11.9

「なぁ、沙羅魅これ面白いか?」
「超面白いよ〜!」
「マジか〜? 2人でババ抜きって小学生かよ」
「何言ってるの!? トランプ最高〜!」
「トランプ最高とか言うなよな。変な誤解されるだろ」
「いいじゃん。別に2人きりなんだから何言ったって!」
「まぁ、そうだけどな。でも、他にやることねぇのかよ?」
「え〜、ないよ。ババ抜きじゃ不服なの?」
「別にいやじゃねぇけど、つまんねぇじゃん」
「え〜、毎回手に汗握る心理戦が展開されてたまらないでしょ!?」
「盛り上がってんのはおめぇだけだろ。オレからしたらおめぇの目を見ればどれがババかバレバレで退屈なんだよ」
「え〜っ、公ちゃんひどい! そんな卑猥な手を使ってたのね!」
「いやいや、卑怯以前の問題だろ。おめぇは心理戦の前にポーカーフェイスを身につけろよな」
「しかも、トランプだけに上手いこと言っちゃうのね!」
「別にそういうわけじゃねぇし、おめぇはガガを見習えよな」
「え、なんでここで臥牙丸を見習わなきゃいけないの?」

「は？　そこはレディ・ガガだろ！」
「あぁ、ポッポッポッポーカーフェイスってやつね♪」
「おめぇ鳩ぽっぽみたいなノリで言うなよな」
「違うもん、機関車トーマスだもん！」
「そっちかよ！」
「トーマス最高〜！」
「ちなみに機関車トーマスはイギリスだからうまいこと言えてねぇぞ」

「とにかく、今度こそ激しい心理戦を展開するのよ！」
「おめぇは心理戦より肉弾戦のが得意だろ」
「え〜、やだ〜。公ちゃんエッチなこと考えてる〜」
「ちげぇし、本当のことだろ！」
「やだ、むっつりなんだから〜」
「ちげぇし、いいからさっさとカード配れよな」
「え〜、また〜？　なんで毎回沙羅魅ばっかり配るの〜」
「それはおめぇが負けすぎんのが悪いんだろ。配りたくなきゃ勝てばいいんだよ」
「そっか、臥牙丸だけにね♪」
「は？」
「だって、臥牙丸は勝って名前なんだよ♪」
「知るかよそんなの、オレはふりかけ親方しか知らねぇし」
「ぶっぶー、今は振分親方って言うんだよ〜」
「そんなん知るかよ！」
「もう、各界のロボコップのことなんだと思ってるの〜？」
「わかったよ。おめぇが相撲に詳しいのはわかったからさっさと配れ」
「もうやだな〜。相撲の話でムラムラしちゃって〜」
「誰も相撲のこと考えてムラムラしねぇし！」
「あ、せかせかだった」
「もしくはムカムカかもな」

「ババ抜きやめよ〜」
「やっとかよ」
「だって勝てないんだもん〜」
「11連敗する前にあきらめろよな」
「だって、あきらめたらそこで試合終わっちゃうでしょ〜」
「今度はバスケかよ」
「選挙だよ〜」
「またその話に戻るのかよ」
「公ちゃん。女の子を大切にしない男は嫌われちゃうぞ」
「トランプ最高とか言っておいて、よくそんなこと言えるな」
「え、どういうこと？」
「別にわかんなくていいんじゃね？」
「うん。沙羅魅は細かいこと気にしない主義だからいいや〜」
「おめぇには政治とか難しいもんな」
「そだね、沙羅魅は絶対政治家になんてなりたいって思わないと思う」
「それはどうかな？」
「え、どういうこと？」
「軽い予知っていうか、おめぇ言うことがころころ変わるからさ」
「そだね、政治家みたいにね♪」
「そだな、総理大臣みたいにな！」
「それをいうなら大統領でしょ〜？」
「まあ、どっちも同じようなもんだし！」

トッピングカップル い

「ねぇ、公ちゃん。醤油ってたくさん飲むと死んじゃうらしいよ!」
「マジか! 毒じゃん!」
「毒だね!」
「食品添加物マジ怖ぇな!」
「ね! マジ怖いよね!」
「そういえば水を飲みすぎて死人が出たって話もあるもんな」
「え、なにそれ! 毒じゃん!」
「そうだな。水も毒ってことだな!」
「まさか、知らず知らずのうちにみんな毒を盛られてたってこと!?」
「そうなっちまうな!」
「え〜、レストランのサービスありがた迷惑じゃん!」
「恐ろしいな!」
「あとアレルギーのある卵、牛乳、小麦も怖いね!」
「怖ぇよな、アレルギー!」
「一口でも食べたらアウトでしょ?」
「もちよ、もち。年寄りにお餅より危険だぜ!」
「こどもにこんにゃくゼリーとかね〜」
「あと豚に真珠もな」
「じゃあ、ねこに小判も?」
「は? ねこにご飯なら平気じゃん」
「あ、ごはんだったか〜」

「まぁ、おめぇは何喰っても腹こわさねぇから毒とか大丈夫だろ」
「そうだね、沙羅魅の胃袋は強いからね♪」
「卵も殻ごと喰うもんな!」
「そう。カルシウムカルシウム♪」

トッピングカップル ろ

「え、どういうこと？」
「こういうこと」
「あ、そういうことか！」
「そう。つまりあれだよな」
「うん。あれだね」
「よし、次行くぞ！」
「あ、公ちゃんちょっと待ってよ〜」

トッピングカップル は

「日本語の乱れそうとうやべぇな」
「ヤバイね〜」
「日本語の乱れマジでパねぇよな！」
「マジでパないねぇ〜！」
「もうどうにもできねぇな！」
「そだね。もう手遅れってやつなんじゃないんじゃない？」
「手遅れかもな〜。いや、言葉は生き物だから形を変えながら進化してるのかもな」
「へぇ〜、言葉が生きてるってファンタジー的な？」
「それはちょっとちげぇな」
「じゃあ、擬人化的な！？」
「は？　それだったらメタファーと言えメタファーと！」
「あ〜、メタモルフォ〜ゼ〜的なあれね〜」
「それよそれ、進化論よ」
「ダ、ダ、誰だっけ？」

「何が？」
「進化論のおっさんだよ〜」
「それはダーウィンな」
「あ〜、ダヴィンチじゃなくダーウィンか〜」
「ダヴィンチは発明家だろ」
「そっか。モナリザの発明者だよね♪」
「は？　それは発明じゃねぇだろ」
「え、なんで？」
「え、だって絵じゃん」
「え、絵だけど発明じゃないの？」
「ええ、絵は発明とは言わねぇだろ」
「え？　絵はなんて言うの？」
「絵は描くだろ」
「えー！　絵は描くでいいんだ〜！」
「いいに決まってんだろ！」
「りょ！」
「は？　今度はなんだよ？」
「了解したってことを最近は『りょ』って言うの〜」
「それはかなりの省略形だな」
「そ！」
「一文字って言葉進化し過ぎだろ」
「ね！」
「でも、ずっとそれじゃ会話成り立たなくね？」
「ね！」
「しかも、ボキャブラリー少くなるし」
「か！」
「は？　しかも、わかんねぇし」
「か！」
「はぁ？　だからなんだよ？」

「はっ！」
「あ〜、それ蚊がいたってことかよ」
「そ！」
「潰したのか？」
「む！」
「逃げられて怒ってんのな」
「あ！」
「見つけたのな」
「か！」
「今度は捕まえろよな」
「はっ！」
「やったか？」
「ち！」
「やったな。しかも誰か吸われてたな」
「かゆ！」
「おめぇの血かよ！　しかも2文字に進化したな」
「かく！」
「あんまかくなよ血出るぞ」
「がく」
「止めたぐれぇでうなだれんなよ」
「えがく！」
「は？」
「えがく！」
「血文字で今の気持ちを細かく伝えようとするな！」
「ね！」
「もう普通に喋った方が早ぇぞ」
「だね♪」

トッピングカップル 47

「公ちゃん。県名しりとりしよ！」
「いいぜ」
「沙羅魅から行くよ。青森県！」
「石川県」
「うどん県！」
「愛媛県」
「岡山県！」
「神奈川県」
「京都県！」
「熊本県」
「県庁所在地！」
「高知県」
「札幌県！」
「滋賀県」
「す、すなんてある？」
「あるし」
「どこ？」
「スイカの名産地」
「あ、それね〜！」
「歌になってるんだから簡単だろ？」
「じゃあ、沙羅魅が次のせね」
「おう」

「せ、せ、せなんてある？」
「あるし」
「どこ？」

「仙台」
「そっか。曽我！」
「千葉」
「え、たが抜けたよ？」
「そこはたぬきだろ」
「あ、そっか。筑波！」
「鉄道」
「て、鉄道？」
「つくばエクスプレスあるじゃん」
「そっか。東京都！」
「長野」
「え、三宅は『けん』だけど長野は『ひろし』だよ！」
「は？　じゃあ、長崎」
「新潟！」
「沼津」
「根津！」
「根津はねぇだろ。てか、ねのつく都道府県ねぇから詰みで終わりだし」
「え〜、せっかくいい感じにできてたのに〜」
「しょうがねぇよ。そういうルールなんだから」

……

どういうルール？

トッピングカップル V

「あれ? これ動かねぇな」
「え〜、DVD動かないの〜」
「ノン、ノン、ノン! ディーヴィーディーな!」
「やば! 発音かっこいい!」
「てか、動かねぇし」
「コンセントささってないんじゃない〜?」
「ノン、ノン、ノン! コンセントプラグな!」
「ささってはいるね。電源入ってないんじゃない?」
「だから、今それをつけようとしてるんだろ」
「あっ、そっか」
「プラグ刺さってる。ブレーカー落ちてない。リモコンが効かない。なんでだ?」
「リモコンが違うんじゃない〜?」
「んなわけねぇだろ! てか、マジ起動せんし!」
「ガンダム!」
「これエヴァだし!」
「同じロボットだから間違っちゃった。エバね〜」
「エヴァはロボットじゃねぇし、しかもバじゃなくてヴァだし、ヴァ!」
「え〜、どこからどう見てもロボットだよ〜」
「あれは人造人間なの!」
「へぇ、あれでも人間なんだねぇ〜。てか、ディーヴィーディーのリモコンこっちじゃない?」
「んなわけねぇし〜。てか、マジそっちだし!」
「ほらついたよ! じゃあ、それなんのリモコン? ビデオ?」
「ノン、ノン、ノン! ビディオな!」
「あれ? このエヴァブルーレイだよ」
「ノン、ノン、ノン! ブーレィーな!」

「そんなことよりさ、これ見れないんじゃない？」
「大丈夫だし、ブーレィーならプレステで見れるし」
「そうなんだ〜。ゲーム以外もできるんだね」
「ディーヴィーディも見れるぜ！」
「え、じゃあ始めからそっちつければよかったじゃん〜」
「はぁ？　餅は餅屋っていうんだからさ、ディーヴィーディーは
ディーヴィーディープレイヤーだろ」
「あ、そういうことね！　じゃあ、ブーレィープレーヤーはないの？」
「プレイヤーな。ブーレィはソニーだからプレステでいいんだよ」
「へぇ。メーカーのいろんな利権が絡んでるんだね〜」
「そゆこと！」

☆ワンポイントトリビア☆
DVD の正式名称は「Digital Versatile Disk」

信じるか信じないかはあなた次第！

ちなみに GIF の英語読みは「ギフ」
なので、アメリカ人が岐阜の話を突然始めたと思ったら、GIF のねこ画像がかわいいという話の可能性が高いのだ！

トッピングカップル 2193

「公ちゃん。ロールケーキ作る時に敷き紙するんだって知ってた？」
「は？　オレがそんなん知るわけねぇじゃん」
「普通そうだよね〜」
「おめぇ料理できるようになったのか？」
「え、クックパッドっていう美味しい写真見放題のとこで見てるだけだよ♪」
「見るだけかよ！」
「違うよ。沙羅魅は食べるの専門だよ♪」
「やれやれ、料理ぐらいできるようにしとけよな」
「もちろんできるよ〜。チンすればいいんだもん！」
「それは料理じゃねぇだろ。あっためてるだけじゃん」
「え、解凍だよ」
「それどっちも同じだし」
「あとは卵かけご飯とかカップラーメンとかジャムパンとか卵かけご飯かな〜」
「おめぇ今、卵かけご飯２回言ったぞ」
「それは最初のが醤油で後のがめんつゆだよ♪」
「それどっちも同じだし！」
「え〜、ちがうよ〜。風味が違えば別物だよ〜」
「はいはい。で、何が言いたいんだよ」
「え、気づかなかった？」
「何に？」
「ロールケーキ作る時にシキガミするんだよ」
「ん、まさか……」
「そう、式神使うってことはロールケーキは陰陽師が作ったんだよ！」
「あ、安倍晴明がカッ！」
「きっとそうだよ〜。すごいよね〜」

「つまりあの渦巻き模様は陰陽を表してるんだな！」
「きっとそうだよ〜。すごいよね〜！」
「でも待てよ。なんで名前が英語なんだ？」
「それはこの前公ちゃんが言ってたマッカーサーの仕業だよ！」
「そうか、戦後にGHQが日本の陰陽師を恐れて廃止したってことか！」
「それで隠れキリシタン達がロールケーキって名前にしてこっそり作ってたんだよ！」
「それあるえるな！　沙羅魅にしては読みが冴えてるな！」
「食べ物のことなら誰にも負けないもん！」
「きっとロールケーキは神聖な食べ物だったんだろうな」
「そうだね。式神ケーキだもんね☆」
「マッカーサーはわかってたんだな。ずるいやつだな！」
「うん、DHC悪どいね！」
「初めての人には売れないってことは何かとんでもない秘密を隠してるんだな」
「秘密結社なのかもね、ドモホルンリンクル！」
「名前もなんか悪の組織みてぇだもんな」
「え、ドモホルンリンクルが？　超かわいい名前じゃん！」
「そうか？」
「そうだよ。ドモホルンリンクルって響きだけでJK爆買いしちゃうよ！」
「いや、その年代はドホリも想定してねぇんじゃねぇか？」
「え〜、そんなことないよ〜！　女の子はね、生まれた時から女の子なんだから！」
「おめぇ何当たりめぇのこと言ってんだよ」
「当たり前じゃないもん！　カエルは生まれた時はオタマジャクシでしょ！」
「それはそうだけど……」
「え、人間生まれる前はオタマジャクシとか親父的な下ネタ言っちゃうの！？」

「言ってねぇし、それおめぇの発言だろ！」
「女の子はね砂糖、スパイスと素敵なものでできてるんだからね！」
「は？　なんだそれ？　どこ情報だよ」
「マザーグース情報よ！」
「それはどうやって調べんだよ」
「もちろん当社比よ！」
「どこの会社だよ」
「マザーグースだからマザーズよ！」
「東証マザーズか。それはでけぇな！」
「当然でしょ！　世界的に売れてるんだから～！」
「意外とすげぇなおめぇ。株とか詳しいんだな」
「当然でしょ。おおきなかぶは初歩の初歩よ！」

☆沙羅魅☆
好きな食べ物つづき
茶碗蒸し、やきいも、ぎょうざ、水餃子、揚げ出し、肉まん、パエリア、
プリン、やきとり、シュウマイ、小籠包、冷や奴、ピザまん、ドリア、
春巻き、生春巻き、肉じゃが、おでん、フレンチトースト、卵かけご飯、
シーザーサラダ、ポテトサラダ、生姜焼き、ピーマンの肉詰め、タコス、
タコライス、ドーナッツ、イカリング、お好み焼き、もんじゃ焼き、
ホットケーキ、パンケーキ、エビマヨ、エビチリ、煮豚、酢豚、角煮、
麻婆豆腐、青椒肉絲、八宝菜、回鍋肉、棒棒鶏、炒飯、天津飯、白桃、
……つづく

トッピングカップル 11000

「ねぇ公ちゃん。鶴は千年亀は万年の類義語ってなんだっけ？」
「あれだろ」
「どれ？」
「つるな仙人ハゲは万年」
「あぁ、それか〜。長生きするとみんなハゲるよね〜」
「長生きの宿命ってやつだな」

「ねぇ公ちゃん。鶴は千年亀は万年の対義語ってなんだっけ？」
「あれだろ？」
「どれ？」
「マリオ千人、亀は万匹」
「あぁ、それか〜。亀はすぐ死ぬし、殺すマリオもすぐ死ぬもんね〜」
「おいおい、そこはやられるとかやっつけるって言えよな」

「ねぇ公ちゃん。鶴は千年亀は万年の反対語ってなんだっけ？」
「あれだろ」
「どれ？」
「んねんまはめかんねんせはるつ」
「あぁ、それか〜。今までで一番ひねりがないね〜」
「まぁ、反対語なんてそんなもんだからな」

「ねぇ公ちゃん。鶴は千年亀は万年の英語ってなんだっけ？」
「あれだろ」
「どれ？」
「The vine devote turtle ten-thousand years」
「あぁ、それか〜。って、聞いてもあってるかわかんないや〜」
「あってるし、信じる者は救われるだし」

「信じぬ者は？」
「足元をすくわれるんじゃね？」
「なるほどね〜。どっちみちすくわれるなら信じても信じなくても同じだね〜」
「そだな。右の頬を差し出そうが左の頬を差し出そうが、どっちみち後でもう片方叩かれるからな」
「オーマイガーだね〜」
「そうだな。オージーザスだな」
「たとえノーでもイエスになっちゃうんだね」
「神の力はすげぇよな」
「ハゲは仙人、神は万能ってことだね〜」
「そだな」

☆公太郎☆
1995年生まれ
射手座
好きな言葉は「君子は和して同せず、小人は同じて和せず」
好きな食べ物はお茶漬け
好きな色はシルバー
好きな動物はハムスターなのだ

トッピングカップル 0.43

「カタツムリはカタツムリでも食べられるカタツムリはなんでしょう？」
「エスカルゴ！」
「ルールが違ぇぞ、沙羅魅。これなぞなぞだし」
「ノープロブレム、ノープロブレム」
「これ一応問題だから、そこイエスプロブレムだろ」
「ハロー、マイネームイズ、サラミ♪」
「おめぇ今日は日本語話さない日だったか？」
「タイムイズマネー、オフコース」
「まぁいいけど、それじゃ答えられなくねぇ？」
「ジャパニーズ、オーケー？」
「くるしくなって来たみたいだな。好きな言葉しゃべれよ」
「シット、シャラップ！」

「ごめんね公ちゃん。話してよ〜」
「うるせぇ、おめぇがシャラップって言ったんだろ！」
「ニホンに帰りたいよ〜」
「はぁ、ここは北海道だけど日本だし！」
「いい訳なんてダメ！ 沙羅魅だって北方領土知ってるんだから〜！」
「レーニンの話はすんじゃねぇよ！」
「バカにされたよ〜、え〜ん」
「こら、屯田兵に見つかるだろ。大声出すな」
「ジンギスカン美味しいよ〜」
「おめぇいい加減、泣くか食べるかどっちかにしろよな」
「え〜ん、北の大地はきびしいよ〜」
「ずりーぞおめぇ、泣きながらピーマンこっちに寄せてくんな！」

「死ぬほど食べたね」
「なんだ？　おめぇならまだまだ食べられるだろ」
「もう〜、沙羅魅だって、あとラーメン１杯が限界だもん！」
「んで、正解わかった？」
「ロシア？」
「おしいな。『カエルの子はカエル』と『郷に入っては郷に従え』だろ」
「ルール変わってるのは公ちゃんじゃん！」

……

って、見た目がカタツムリなだけでパンじゃん！
ヒント：0 = 縦　43 = 読み

トッピングカップル 17.8

「なんだっけあれ？　慰謝料？」
「利息な」
「そうそれ！　よくわかったね！」
「セコムって言ったらそれぐらいしかねぇだろ」
「違うよ〜。プロミスだよ〜」
「両方守るもんだから同じだろ」
「あぁ、なるほど〜」

トッピングカップル Str.

「あ、テロだ！」
「フラッシュモブな。それまったく意味変わってくるからな」
「バイオリン超うまいね〜」
「ヴァイオリンな」
「テロ並みだね〜」
「プロ並みな。それまったく意味変わってくるからな」
「あれ？　あの人見て！　超小顔！」
「おぁ、マジだ！　いや、待て沙羅魅！　あれはやつのヴァイオリンが周りのやつより少しだけデカイんだ！」
「あ、ほんとだ！　周りの人より少し大きめのヴァイオリンを使って小顔に見せる作戦だね！」
「おう、そうだな！　遠近法を使った『美魔女風小顔テクニック』だな！」
「おっさんなのにね〜」
「心は乙女なんだろ。たぶん」

「あ、もっとおっきいヴァイオリン出てきた！」
「あれはチェロだな」
「え、テロ？」
「チェロな。それまったく意味変わってくるからな」
「チェロって言うんだ〜」
「それぐらい小学校で習うだろ？　てか、おめぇ今日の発言不謹慎すぎだし！」
「え、そうかな？　沙羅魅はいつも通りの平常運転中だけど〜」
「まぁ、いつも通りといえばいつも通りだな」
「あれ！？　さらにおっきいチェロも出てきたよ！」
「おぁ、マジだ！　あれも遠近法で体を小さく見せる『小悪魔系女子のあたし小さくてかわいいよテクニック』だな！」

「なんか小人さんが演奏してるようにも見えるね！」
「そだな！　池乃めだかがヴァイオリン弾いてるみてぇでもあるな！」
「たしかに見えるね～！」

「ちなみにチェロを弾く人はチェリストって言うんだぜ」
「え、ゴーシュじゃないの？」
「おっ、まさかの返しだな。てっきりテロリストって言うのかと思ったぜ」
「いい？　公ちゃん？　それまったく意味変わってくるからね！」
「って、おめぇがそれ言うのかよ！」
「で、ゴーシュじゃないの？」
「それはあれだろ、セロの方だろ？」
「え、同じ楽器じゃないの？」
「んなわけねぇだろ、名前が違うんだから」
「そっか、大きさが違うだけだと同じ名前だけど、この場合は違うんだね」
「そゆこと！」
「で、何が違うの？」
「音じゃね？」
「どんな？」
「チェロとセロだと音が若干違うんだと思うぜ」
「へぇ～、どんな？」
「音の高さとか？」
「なんか専門的な話になるとむずかしくてわかんないや」
「だな。音楽は音を楽しむもんだからとりあえず楽しんどけ」
「うん。楽しんだもん勝ちだね♪」

トッピングカップル 628

「公ちゃん！　水素水やばい！」
「マジやべぇな！」
「上から読んでも下から読んでも水素水だよ！」
「これは科学が根底から覆るんじゃねぇか！？」
「え、ひっくり返っても元に戻るから大丈夫だよ！」
「そうだな。水素水だけにな！」

「沙羅魅！　山本山もやべぇな！」
「マジやばいねぇ！」
「上から読んでも下から読んでも山本山だぜ！」
「これは角界がひっくり返るかもしれないね♪」
「はぁ？　海苔の方だろ？」
「海苔か〜。そっちののりか〜」

「のが増える名前って不思議だよね〜」
「は？」
「だって、いろはかるたの『藤原道長』とか、世界三大美女の『小野妹子』みんな『の』が付け足されてるでしょ？」
「ふじわら『の』みちなが、おの『の』いもこ、ってことか？」
「そう、そやつら！」
「でも、それは昔の人だけだろ。『の』を入れて読むのはせいぜい鎌倉時代までだぜ」
「え、マジ！？」
「歴史と書いてマジ！」
「ってことはあのの人は『ののりか』って読む訳じゃなかったんだ〜！」
「そゆこと！」

トッピングカップル 196

「ねぇ、公ちゃん。しりとりしよ」
「いいぜ。で今日は何しりとりだ？」
「う〜んとね。国しりとり！」
「それめっちゃ難しくね？」
「難しい方がやりがいを感じるでしょ♪」
「まぁ、そうだな。じゃあ、かかってこいよ」
「行くよ。アメリカ！」
「いきなりアメリカか。じゃあ、ドイツ！」
「え、ドイツ？」
「人じゃねぇぞ」
「知ってるよ。ただちょっとびっくりしただけ」
「で？」
「じゃあ、メキシコ！」
「オランダ」
「ドミニカ！」
「ロシア」
「フラ……イギリス！」
「おめぇ、あぶねぇなぁ。ギリギリ回避したな！」
「負けるとこだったw」

「よし。コートジボワール」
「え、そんな国あるの？」
「あるだろ。ロシアの隣ら辺に」
「そっか。じゃあ、チェコ！」
「アムステルダム」
「え、そんな国あるの？」
「オランダら辺にあるだろ。アムステルダムの鐘って言うだろ」

「え、ノートルダムの鐘じゃない？」
「そうともいうな」
「え、違うと思うよ〜」
「じゃあいいか。これを両方英語にするぞ。訳してみろ」
「いいよ」
「アイム　ステル　ダム」
「私はダムを捨てる」
「ノー　トル　ダム」
「ダムを取っちゃダメ」
「って、ことだよ！」
「え、沙羅魅わかんない！　たぶんこれみんなもわかんないよ！」
「はぁ、みんなって誰だよ？」
「読者とか作者とか！」

「いいか沙羅魅。Ａさんがいるとしよう。仮に名前をオラさんにするぞ」
「んだ！」
「オラさんはダムを捨てたわけよ」
「んだ！」
「で、どいつかわからねぇけど、隣りのやつが捨てられたダムを拾おうとしたわけよ」
「んで？」
「オラさんはそのダムは拾うな！　ノー！　って言ったわけよ」
「あ、そういうこと！」
「そゆこと！」
「つまりその国はダムって男が捨てられた場所ってわけね♪」
「次、沙羅魅の番だぞ」

「じゃあね、ノルウェー！」
「ハワイ」

「ホノルル！」
「ブラジル」
「トルコ！」
「サウジアラビア」
「オーストリア！」
「はぁ？　そんな国ねぇし」
「あ、オーストラリア！」
「今のでお手つき一回な」
「ヤバイ、あとがなくなっちゃった……」
「お手つきすると緊張するよな。カザフスタじゃなくて、ブルガリア」
「モロッコ！」
「アフガニスタじゃなくて、ベラルーシ」
「プエルトリコ！」
「パキスじゃなくて、ウズベキスじゃなくてリビア」
「公ちゃんさっきからず～るい！　ポルトガル！」
「ずるくねぇし！　イスラエル！」

「え～、そろそろ国なくなっちゃう。中国！」
「にほ……Japan！」
「あ、英語で避けた！　タイ！」
「あぶね～。ネパール！」
「もうそろそろナイジェリア！？」
「いや、まだまだアルジェリア！」
「え～、本当無理。リトアニア！」
「いや、行ける。ルーマニア！」
「本当にもう、モーリタニア！」
「おめぇけっこう強え～、エチオピア！」
「ぎぎぎ、ギニア！」
「あ～、アルバニア！」

「ああ〜、アルメニア！」
「い、イタリア！」
「ええ〜、エリトリア！」
「負けないぜ、マケドニア！」
「超ギリギリ、ギリシャ！」
「地理むずい！　チリ！」
「まだかすかに、マダガスカル！」
「まだちっちゃいのがあるはず、ミクロネシア！」
「え〜、もうあかん！　カンボジア！」
「あ〜！　沙羅魅アウト〜！」
「あ〜、バカチンだ〜」
「ハンガリー精神が足りなかったな」
「慰めなんか、イラン！」
「ブータンれるなよ」
「悔しい〜。オーマンにはわからんだ！」
「おめぇどこのお国だよ！」
「にほ……ジャパン！」

☆ワンポイントトリビア☆
国際連合加盟国と日本が承認している国の数は違う

信じるか信じないかはあなた次第！

トッピングカップル 29

「問題出すよ♪」
「いいぞ」
「なぞなぞです。仏教の神様が食べるケーキはなんでしょうか？」
「はぁ、簡単だし。ウサギパイだろ」
「えっ！　ウサギ食べるなんてありえない！　インドネパールじゃあるまいし！」
「何言ってんだよ。お釈迦様がお腹を空かせてる時にウサギが自分で火の中に飛び込んだって話だろ？」
「なに言ってんの、公ちゃん！？　無宗教だからって勝手に仏教をイメージダウンさせるようなこと言っちゃダメだよ！」
「いや、そういう話があるんだし！」
「ウサギに角、ウサギははずれ〜！」
「ちげぇのかよ〜。てか、ウサギはダメで他の動物はありなのかよ？」
「えっと、ウサギとネコとイヌとハムスターとヒツジとキリンは食べちゃダメなの！」
「てか、おめぇこの前シシカバブ喰ってたじゃん！」
「え、だってあれはライオンとカバとブタの肉でしょ？」
「はぁ？　ライオンなんて誰が喰うんだよ。あれは羊肉だし！」
「え、マジ！」
「現実は残酷と書いてマジ！　たまに牛肉とか豚肉で作られてる時もあるけどな」
「じゃあ、それだよ〜。この前のはウシさんとブタさんだったんだよ〜」
「仮にそうだったとしても、北海道で食べたジンギスカンは確実に羊だぜ！」
「え、マジ？」
「現実は非情と書いてマジ！」
「ガーン！　ショック！」

「しかも、ラム肉だから子羊だぜ」
「え〜、うそ〜！　ショックだっちゃ〜」

「元気出せよ」
「うん」
「羊もおめぇに喰われて喜んでたはずだぜ」
「そうだよね。沙羅魅の血となり肉となって喜んでるよね」
「あぁ、おめぇの血となり肉となって今も生きてんだぜ」
「そうだね。これからはヒツジさんの分まで生きなきゃだね」
「で、正解はロールケーキだろ？」
「ざんねぇん！」
「輪廻転生じゃねぇのかよ」
「なにそれ？」
「生まれ変わりの異口同音だよ」
「生まれ変わりも陰陽師も今回関係ないんだな〜」

「あ、わかった。ホットケーキ！」
「正解！　仏様のケーキだからホットケーキ♪」
「簡単だったわ〜。仏だからホットケーキって小学生レベルだよな」
「小学生レベルって言わないでよ〜。中学生の時に考えたんだから〜」
「これは大人が考えても中学生が考えても小学生レベルだと思うぜ」
「沙羅魅、ちょっとその理論はわかんないな〜」
「理論とかじゃねぇんだよな。フィーリングを感じるんだよ」
「感じるの？　フィーリングを？」
「おう。フィーリングを感じるだよ」
「うん。今ちょっとわかったかも！」
「やるじゃん沙羅魅」
「えへ♪」

トッピングカップル 1192

「公ちゃん知ってた？　鎌倉幕府って 1185 年にできたことになったんだって」
「マジか！？　歴史が動いたってことじゃん！」
「すごいよね。沙羅魅達が教えてもらった良い国作れなくなっちゃったんだね」
「やべぇじゃん、鎌倉幕府！　ってことは他の歴史も動かさなきゃやばくねぇ？」
「そうだよね。バランス悪くなっちゃうもんね！」
「平安京も動かそうぜ」
「なんと見事な平安京だっけ？」
「は？　71035107 年って超未来じゃん！」
「え、あれ紀元前じゃない？」
「そっちか。ネアンデルタール人すげぇな。てか、それ平城京な」
「へ？　へいじょうきょう？」
「そ！　Hey Joe 教。つまり、もともとは Joe って人が作った宗教なんだぜ」
「じゃ、平安京はアンちゃんが作った宗教なの？」
「そう。アンって人が柿食べて作ったんだぜ」
「ワッツ？」
「柿食えば 鳴くよウグイス Hey Ann 教！」
「あ、七五調！」
「ウグイスが季語だから春の俳句になっているんだぜ」
「知らなかった〜」

「てか、平安京動かすんだよな」
「そうそう！　時期尚早！」
「100 年ぐらい動けばいいか？」

「そだね。694年？ 894年？」
「剥くか、焼くか」
「どう食べるかだね♪」
「前菜が柿、メインがウグイス、デザートが餡だな」
「前後が生だから焼いちゃお♪」
「よし。柿食って 焼くよウグイス Hey Ann 今日」
「いいね。肉食系年号になったね！」
「そうだな。信長の年号に近づいたな」
「え、どれ？」
「鳴かぬなら コロッケにしちまえ ホトトギス」
「本当だ！ シンパシー感じちゃうね♪」
「いや、感じねぇし。ホトトギスなんて普通喰わねぇだろ」
「マジ？」
「それはマジだし、おかしいだろ！ ホトトギスとツチノコとウーパールーパーは UMA だろ」
「え、お馬さんなら馬刺しにすればいいじゃん！」
「お、それいいな。にんにくおろして醤油だな」
「え、ショウガおろして醤油でしょ？」
「は？ にんにくだし！」
「ショウガだもん！」
「にんにく！」
「ショウガ！」
「にんにく！」
「ショウガ！」
「にんにくを おろして美味い 馬刺しかな？」
「馬刺しはね ショウガと醤油で 食べるのよ！」
「にんにくは 馬刺しと相性 最高だ！」
「ショウガだよ ああショウガだよ ショウガだよ！」
「しょうがねぇ そんな時こそ にんにくだ！」

「しょうがねぇ あなたがそう言ったから 今日から今日はショウガ記念日♪」
「うわ、ショウガ記念日成立された！」
「にんにく記念日は 2/29 だから 4 年に 1 回。しょうが記念日は今日だから毎日ショウガ記念日だよ♪」
「うわ、記念日戦法ずりいぞ！」
「文句があるなら俵万智に言ってよね！」
「G18 め！」
「え？」
「こうなったら浅草爆破だな！」

……

銀座線の爆破予告ではないです！

☆ワンポイントトリビア☆
記念日を作るには「日本記念日協会」に登録すれば良い

信じるか信じないかはあなた次第！

トッピングカップル 211

「あのハゲ本当うぜぇよな」
「お高く止まっちゃってね〜」
「何様のつもりだよ」
「おしゃれな名前しちゃってね〜」
「ちっちぇくせにさ」
「内側にこだわっちゃってね〜」
「あいつコンビニじゃあ、ぜってぇ買わねぇし」
「季節限定とかね〜」
「大量買いとかありえねぇし」
「金持ちの特権だよね〜」
「スーパーなめきってるし」
「だいぶ器が違うよね〜」
「あいつのせいでスーパーにも内蓋つくようになったし」
「ハートがあったりするんだよね〜」
「は？　ハートがあるってなんだよ？」
「蓋開けるとたまにあるんだよ♡」
「は？」
「この写真だよ〜」
「おい、なんでおめぇ写真があるんだよ！」
「この前食べたんだよ♪」
「はぁ？　おめぇひとりで喰ったわけ？」
「弟が買ったやつもらったの♪」
「ふざけんなよ。オレにも分けろよ！」
「え〜、だって一緒に食べたらこっそり食べたのバレちゃうじゃん〜」
「おめぇそれケンカになるやつじゃん！」
「沙羅魅の方が強いから大丈夫♪」
「弱肉強食だな」

「そう。兵糧攻めってやつw」
「てかおめぇもアンチハゲだったじゃん！　何喰ってんの！？」
「だってバニラクッキーラズベリーって美味しそうだったんだもん～」
「何そのシャレオツ！」
「味はシャレツオだったよ♪」
「マジふざけんなし～」

「ごめんね公ちゃん。ピノ分けてあげるから～」
「いらねぇし」
「ハーゲン食べてごめんね～」
「あんなコスパの悪いもん喰ってんじゃねぇよ」
「つい出来心で～」
「ああいうのは1回やると依存性があるんだぜ」
「たしかに味がフラッシュバックするよね～」
「あぁ、おめぇもうやべぇな」
「もう沙羅魅スーパーカップ食べれんない」
「ろれつ回ってねぇぞ！」
「また冷凍庫の奥の野菜が入ってるジップロックの下に隠れたやつ食べちゃお♪」
「出た、常習性！」
「ハゲ最高！」
「おい、あっちのおっさん見てるから静かにしろ！」
「なんで～？　あの人ふさふさしてるから大丈夫だよ～」
「異常にふさふさしてるからこそ静かにしろ！」
「沙羅魅ね。下に隠れたハゲ見つけるの超早いんだよ♪」
「やめろ～。もうわかったから！」
「だから沙羅魅ね、下に隠れたハゲ見つけるの超早いんだよ♪」
「これ以上それを言うな～！　おっさん涙目～！」

トッピングカップル 272

「日曜日だね〜」
「そだな」
「味噌味のラーメン食べたいな〜」
「そだな」
「水道水とレモンの入った水飲んで」
「そだな」
「米国米のごはんもつけて〜」
「そだな」
「市川市で〜」
「なんで?」
「東南東に進路を取れ!」
「なんで?」
「馬車馬のように働いて!」
「え?」
「体全体が疲れても!」
「へ?」
「……」
「おめぇたまに暴れ馬みたいに暴走するよな」
「……」
「なんかやべぇのに取り憑かれてるんじゃね?」
「……」
「なんか言えよ」
「中断中」
「意味わかんねぇし!」

トッピングカップル 23.4

「赤道で体重を測ると軽くなるんだってね」
「そうだぜ」
「さすが公ちゃん。すでに知ってたんだね!」
「そんなん常識じゃん」
「でも、なんで軽くなるの?」
「なんだよ、そんなことも知らねぇのかよ」
「なんで〜?」
「それはな、地球が傾いてるからだよ」
「え、地球が傾いてるのッ!?」
「は? おめぇそこからかよ?」
「うん、いったいどういうこと?」
「どうって言われてもそういうもんなんだよ」
「え、だって、地球が傾いてたらいろんなものがすべったり落ちたりしちゃうじゃん」
「はぁ? おめぇ重力って知ってるか?」
「うん、それはわかる!」
「地球の中心に向かって重い力がかかってるわけ。だから地球が傾いていようが逆さだろうが何も落ちないの」
「あぁ、重力があるから平気なんだ〜」
「そういうこと」
「え、でもさぁ。重力がかかっても落ちたりしないってことは地球が傾いてても重さは変わらないんじゃないの?」
「は? おめぇは重力をちゃんとわかってないからそう言えるんだし」
「え、違うの?」
「地球が傾いているってことだから、傾きに対しての中心があるわけよ」
「う、うん」
「地球は宇宙の中心から見たら傾いてる、つまり宇宙の中心の重力の影

響を計算に入れると傾いてるところは宇宙の重力がかかっていない分体重が軽くなるわけ」
「あ〜、う〜、ん〜」
「おめぇには難しいなぁ」
「いや〜、今回のは読者の皆さんにも理解してもらえなさそうだけどね」
「は？　みんな知ってるし！」
「そうなの？」

「宇宙の中心があるってことはそこには何かあるの？」
「そりゃおめぇブラックホールだろ」
「え、穴が空いてるってこと？」
「そう！　もう１つの宇宙が裏側にあるわけ」
「え、なにそれ！」
「はぁ、知ってるだろ？　スターウォーズとかスタートレックとかそっちの宇宙で起こってるんだぜ」
「へぇ〜。あの映画は実際に起こったことなんだね〜」
「だって、遠い昔、はるか彼方の銀河系でって映画の最初に出るじゃん」
「すごいね〜」
「しかも宇宙空間は真空なのに、あっちの宇宙では音が鳴るんだぜ」
「それはすごいね！　同じ宇宙でもルールが違うんだね！」
「そう。宇宙は未知だぜ！」
「宇宙は未知に満ち満ちてるね！」

TP 9460730472580800

「リニアモーターカーってどこ走ってるんだっけ？」
「東京と大阪の間だろ」
「あれ速いんでしょ？」
「そりゃむちゃくちゃ速ぇだろ！」
「どれくらい？」
「東京と大阪を5分くらい」
「マジ？」
「朝飯前と書いてマジ！」
「時速だとどれくらいかな？」
「そりゃ時速5分だろ」
「そっか。そのまんまだね！」

「月ってどれくらい離れてるのかな？」
「1光年じゃね？」
「1光年ってどれくらい？」
「そりゃ、ひかりが1年で進む距離だろ」
「それでひかりってどれくらいの速さなの？」
「昔の新幹線だから時速1000キロとかだろ」
「ということはその時速1000キロを1年分だね♪」
「そうなるな」
「公ちゃん計算できる？」
「もちよ、もち。うさぎの餅つきぐれぇ簡単だし！」
「月のうさぎ！」
「式にすると時速1000キロかける365日。
つまり、1000×365=365000だな」
「はや！　もう計算しちゃったｗ」
「子どもの頃、電卓使ってたからこれくらい楽勝よ！」

「すごい、そこそろばんじゃないんだね！」
「ありゃ乗り物だろ。平成生まれは電卓よ！ で、さっきの答えを四捨五入すると月までの距離は 38 万キロとなります！」
「へぇ、それあってる？」
「はぁ、信じらんねぇなら調べてみろよ！」
「はずれてたら月見バーガーおごってね♪」
「いいぞ、あってたらおめぇ月にかわってお仕置きだからな！」
「月のうさぎ w」

「えっと、グーグルによると 384400 キロだって」
「それ四捨五入してみろよ」
「え、どうやるんだっけ？」
「はぁ？ 4 を捨てるんだよ」
「えっと、4 を捨てると 380000 でしょ。いち、じゅう、ひゃく、せん、まん、じゅうまん」
「ということは？」
「公ちゃんあってた！」
「よし。お仕置きな！」

……

その後、おでこを 12 回突かれた沙羅魅であった。

トッピングカップル 53

「にゃまむぎ、なまごめ、にゃあたまご！」
「言えてねぇし」
「隣の客はよくかきゅきゅうきゃくだ！」
「言えてねぇし」
「かえるぴょこぴょこみぴょこぴょこ、合わせてぴょこぴょこみゅぴょこここ！」
「今のはおしかったな」
「ひなん爆発フランス革命！」
「お、言えた！」
「ガス爆爆発！」
「ちげぇのになってるな」
「仏の顔もさんどまで！」
「言えたな」
「老若ニャンにょ！」
「これは難しいよな」
「千代田区霞が関3丁目4－3とっきょきょう！」
「そんなのあったか？」
「赤巻き髪、青巻き髪、黄巻き髪、みどりがめ！」
「亀は紙じゃねぇし」
「すもももももももももものうち！」
「勢い余ったな」
「この竹垣に囲いができたんだってねぇ。へい！」
「お、言えた！」
「坊主が坊主に坊主の坊主の絵を描いた！」
「リンカーンぽいな」
「じゅげむじゅげむごこうのすりきれくりーむしちゅーのじゅうしまつ！」

「勝手に改名すんなよな」
「鶴は千年亀はみゃんねん！」
「噛んでるな」
「あんぱんしょくぱんかれーぱん！」
「言えたな」
「彼女は海岸で貝殻を売っている！」
「それは英語で言えよ」
「ペンパイナポーアポーペン！」
「それ違うやつだろ」
「パパパパゲーノ！　パパパパゲーナ！」
「なんだそれ？」
「パパパパパフィー！」
「は？」
「ジャイケルマクソン！　タイクマイソン！　エンソンジョンドジョンソン！」
「最後の原型わかんねぇし」
「ももくりさんねんかきはちねん！」
「終了〜」

「何点だった？」
「28点」
「すご〜い。がんばった！」
「果敢に攻めて行った姿勢が評価されたな」
「半分以上ってすごくない？」
「だな。あんだけ間違えて50点満点の28点だもんな」
「次は公ちゃんの番ね」
「よし。40点越すぞ」
「がんばってね♪」
「……あれ？」

「どうしたの?」
「これカラオケモードになってたぞ」
「え? なんの歌?」
「The Larry Routine」
「え、そんなの知らないよ」
「オレも」

☆沙羅魅☆
好きな食べ物つづきのつづき
天ぷら、アイス、ケーキ、チョコレート、バナナ、みかん、いちご、
アンパン、メロンパン、天丼、野菜が少ない野菜炒め ......etc.

好きな色は濃いピンク
好きな動物はねこ、うさぎ、くま、牛肉、豚肉、鶏肉、鴨肉、
羊肉 (この前 好きになった)

トッピングカップル 35

「おめぇ本当繰り下がりができないよな」
「え、繰り下がりって何？」
「繰り下がりは繰り下がりだろ」
「そんなのどこで使うの？」
「引き算」
「あ〜、なんか言うよね〜」
「これぐらい常識だぞ」
「別に繰り下がりなんて使わなくても沙羅魅引き算ぐらいできるよ〜」
「いやいや、繰り下がり使わないと引き算できねぇことのが多いから」
「大丈夫、大丈夫。臨機応変でどうにかするから〜」
「それはどうにかなんねぇだろ」
「なんで〜？」
「いいか。5-7は何になる？」
「2でしょ」
「違うんだな。これが」
「え〜、だってだって5と7の差は2だよ。どう考えても合ってるよ！」
「じゃあこう考えてみろ。りんごが5個あって、そこからりんごを7個取ると何個残る？」
「え、7個より少ないから5個からは取れないよ！」
「あぁ、そうなるな。つまりりんごが2個足りないから正解は-2になるわけだ」
「え、公ちゃん沙羅魅のことたばかったのね！」
「ちげえし！　てか、そうなるとはな……いきなりマイナスは難しいよな。問題が悪かった」
「違うよ。公ちゃんが悪いの！　問題のせいにしないでよね！」
「じゃあ、17個のみかんがあります。そこから9個みかんを取ったら何個になるでしょうか？」

「17個？　指足りないから電卓使ってもいい？」
「電卓はダメだろ。おめぇの計算力を測ってるんだから」
「じゃあ、靴脱いでいい？」
「回転寿司で靴脱ぐなよな、みっともない。それなら、あのいくらを使えばいいだろ」
「あぁ、いくらだけにいくらになるか数えるわけね♪」
「うまいことそうなるな」
「えっと〜、いくらがおっちゃんに取られました〜」
「じゃあ、そこの数の子でやれよ」
「やだ〜、沙羅魅は食べ物以外は取らないの〜」
「じゃあ、おめぇが食べた皿の数でやればいいじゃん」
「え〜、17枚〜？」
「あるだろ？」
「あるっていうかすでに32枚だから数えられないでしょ〜」
「じゃあ、問題を32でできるように変えてやるよ」
「うん。簡単なのにしてね♪」
「32枚のお皿があります。そこから15枚お皿を取ったらどうなるでしょうか？」
「32から15ね」
「やってみろよ」
「1.2.3.4.5.6.7.8.9.10.11.12.13.14.15〜」
「15枚取ったな」
「うん」
「残ったのは？」
「1.2.3.4.5.6.7.8.9.10.11.12.13.14.15.16.17〜」
「正解！」
「やった〜！」
「なんだおめぇちゃんと計算できるじゃん！」
「当然でしょ〜。これくらいYGでもできるよ〜」

「YG？」
「幼稚園児の略だよ〜」
「そういうことか〜。よし。腹いっぱいだし、そろそろ帰るか！」
「え〜、ちょっと待って〜！　あと3皿〜」
「早くしろよ」
「OK！　ラーメン、味噌汁、茶碗蒸し〜♪」

「えっと、2人で7776円か」
「おしいね〜。あと1円分食べたらラッキーセブンだったね〜」
「あぁ、そうだな。消費税があと1％高かったらラッキーセブンだったな」

「よし、8506円出せば270円のおつりだな」
「そうなの？　公ちゃん計算早い〜！」
「もちよ、もち。　これぐらい朝飯前だぜ！」
「次の朝飯まで8時間以上あるもんね！」
「よし。会計行くぞ！」
「うん！」

「おつり730円だったね〜」
「おい、だまってろよ！」
「え、なんで？」
「店員が気づかないで多くもらえたんだから静かにしとけ！」
「あ、そういうことね！　得しちゃったね♪」
「あぁ、これは普段の行いがいいから天からのご褒美ってやつだな」
「金は天下の回し者だもんね〜♪」
「回りものな」
「回りものには福があるだもんね〜♪」

「残り物な」
「え、沙羅魅はお残ししない主義だよ〜」
「そうだよな。味噌汁のアサリは殻ごと喰うもんな」
「うん。カルシウムだから骨が強くなるんだよ♪」
「あと歯な」
「沙羅魅は鼻ももう少し高くなってほしいな〜」

トッピングカップル 1968

「あ、あの人、全身タイツだ!」
「あれ、つなぎな」
「つなぎか〜」
「家建ててる人たちが全員全身タイツ着てたらコントだからな」
「それ見てみたいね〜」
「まぁ、それはそれで楽しそうではあるな」

トッピングカップル 77

「あ、黄色いちょうちょ！」
「あれはモンキチョウだな」
「え、モンシロチョウの黄色バージョンだから？」
「もちよ、もち！　モンチッチよ」
「あ、あのかわいいサル！」
「中国語だと萌趣趣なんだぜ」
「え、なにそれ？」
「萌趣趣」
「よ、読めない！」
「デザイナーはワシの良春っていう人らしいぜ」
「え、ガッチャマンの？」
「ガッチャマンのデザインはしてねぇだろ？」
「ちがくて、コンドルのジョーとか白鳥のジュンとかと一緒でガッチャマンの一員でしょ！」
「あ、マジか！　科学忍者隊と兼業でデザイナーもしてたのな！」
「すごいねぇ～」
「ワーカホリックだな！」

「てか、おめぇガッチャマンなんてよく知ってるな」
「だってかっこいいじゃん！」
「そうなのか？」
「歌が子門真人なんだよ！」
「あぁ、たいやきくんな」
「ちがうよ、仮面ライダーだよ！」
「昔のはよく知らねぇな～」
「あと空手バカ一代」
「さすがに古くて知らねぇな～」

「あとザゼムソングオブウルトラセヴンとか！」
「は？」
「セブ〜ン、セブ〜ン、セブ〜ンってやつ！」
「あぁ、ウルトラセブンな」
「え、それとはちょっと違うんだよ」
「は？　同じだったじゃん」
「ファ〜ロ、マンザギャラックシ〜って歌詞だよ」
「ぶは！　なんだそりゃ！」
「だから。ファ〜ロ、マンザギャラックシ〜って歌詞なの！」
「ぶは！　マジうけるし！」
「ちょっと〜、沙羅魅ちゃんと完コピしてるのに笑わないでよ〜」
「いやいや、さすがにそれはねぇわ〜」

「ここからオレのターンな」
「うん」
「モンキチョウっていうのは実はモンキーから来てるんだぜ」
「え、モンキーってサルってこと？」
「もちよ、もち。モンキッキーよ」
「……」
「そこはスルーかよ！」
「だって、公ちゃんのターンだから」
「まぁ、触れなくていいけどよ」
「サルだけにお触るなってことね♪」
「特に書くことねぇしな」
「書くって言ったら書道家になったんじゃない？」
「誰が？」
「コアラじゃない方」
「あぁ、地獄に落ちなくてほんとよかったな」
「クリームシチュー食べたいな〜」

「おい、それは関係ないやつだぞ！」
「え、うそ！？」
「ホントだぜ。やつらは気分は上々で自分達から名前変えたんだぜ」
「よく知ってるね、そんなこと！」
「まぁな。これくらい朝飯前だし」
「あぁ、またご飯の話したらお腹すいちゃった」
「いやいや、ご飯の話してねぇし」
「いっぱいしたよ～。たい焼きとかコアラのマーチとかクリームシチューとか！」
「コアラのマーチはしてねぇだろ」
「あ、ハッピーターンか！」
「とりあえず晩飯にするか」
「やった～！　中華食べたい～！」
「なんで中華だ？」
「だって萌趣趣って中華料理みたいじゃん♪」
「よ、読めねぇし！」

☆ワンポイントトリビア☆
萌趣趣は「もんちゅーちゅー」と読む

信じるか信じないかはあなた次第！

トッピングカップル d

「あ、公ちゃんご飯来たよ〜」
「は？」
「あっ、電車だった〜！」
「おめぇどうやったら電車とご飯間違えんだよ！」
「え〜、だって今ご飯のこと考えてたから〜」
「はぁ？　おめぇさっき昼飯喰ったばっかりだろ？」
「そうだけど、大盛りパスタはすぐ消化されちゃうでしょ〜」
「おめぇ本当燃費悪りぃよな。おめぇの胃はディーゼル車かよ」
「え、軽油で動くやつ？」
「は？　それ軽自動車な！」
「あ、そっか。そっちか〜」
「やれやれ」
「でも、沙羅魅はちゃんとエゴイストだよ！」
「それを言うならエコロジストだろ」
「あ、そっか。そっちか〜w」
「エゴイストは英語できるやつのことだからな」
「うん。公ちゃんみたいにね♪」
「そうだな！」

「英語できる人ってバイリンガルとも言うよね」
「そだな」
「帰国子女とも言うよね」
「そだな」
「それじゃあ、男版の帰国子女はなんて言うの？」
「そりゃ帰国男子だろ」
「そっか。帰国男子か〜」
「当たりめぇじゃん。草食系男子、美男子、佐川男子、立川談志、みん

ななんとか男子だろ」
「そうだね〜。じゃあ、ダンシングオールナイトは?」
「それは古い歌だろ。なんも関係ねぇし」
「そっか〜。言葉にすると嘘に染まっちゃうもんね〜」
「は?」
「あれ、そういう歌でしょ?」
「そこまでは知らねぇな」
「あ、電車行っちゃったよ!」
「しょうがねぇな、次のに乗るか」

「あ、公ちゃんご飯来たよ〜」
「は?」
「あっ、電車だった〜!」
「おめぇどうやったら電車とご飯間違えんだよ!」
「え〜、だって今ご飯のこと考えてたから〜」
「はぁ? おめぇさっきも間違えたばっかりだろ?」
「だって、一度でも先生のことをお母さんって呼んじゃうとまたお母さんって呼んじゃうじゃん」
「あぁ、そういうことか」
「そういうことよ!」
「なんか鳥のヒナが初めて見たやつを親鳥と勘違いするのに似てるな」
「そだね!」
「ってことは、刷り込み現象ってやつだな!」
「だね!」
「あ、ドア閉まった」
「しょうがないよ。次のに乗ろ♪」
「だな。今度は間違えてお母さんて呼ぶなよな」
「うん。次はご飯って言う準備しとく!」

トッピングカップル q

「日本語が英語になってるのって、たくさんあるよな」
「え？　天ぷらとかすしとか？」
「そうそう。忍者、歌舞伎、交番もな」
「え、交番も？　Koban ってこと？」
「そうなるな」
「じゃあ、小判は？」
「Koban だろ」
「え、一緒じゃん！」
「あ、そうなるな！」
「ってことはさ、cat に Koban は迷い猫を交番に届けてねってことにもなるね！」
「そうなるな。迷い猫を交番に届けてねってことにもなるな！」
「逆輸入ってすごいね〜！」

「ってことは、さらにカートコバーンも意味変わってくるな」
「え、なにそれ？」
「それって物じゃねぇし、人だし！　ニルヴァーナのボーカルだし！」
「ニルバーナ？」
「ちげぇし、下くちびる噛んでヴァーナな」
「え、バナナ？」
「ヴァーナな！」
「ヴァーナナ？」
「ナはいらない！」
「ヴぁ？」
「待て待て、1 個は入るだろ！」
「ヴァナ？」
「ニルヴァーナ！」

「煮るバーナナ？」
「なんでそうなるんだよ！」
「ちょっとお腹すいてきちゃって」
「はぁ？　さっきピザ喰っただろ？」
「あれ1時間も前じゃん〜」
「1時間しかだろ？」
「あと、あれピッツァね♪」」
「それはどうでもいいし！」
「どうでもよくないよ〜。ピザは和製英語だよ〜！」

「あとすき焼き、酒、ナスな」
「え、ナス？」
「nurseっていうだろ」
「あぁ、なるほど！　え、でもSakeはお酒にも鮭にも取れるんじゃない？」
「はぁ、おめぇ本当何も知らねぇのな。鮭はサーモンだろ」
「え、サーモンはしゃけでしょ？」
「は？　鮭としゃけは同じだろ？」
「え、マジ？」
「同じと書いてマジ！」
「意外だね！」
「意内だろ。常識の範囲内だろ？」
「あとすき焼きもなの？」
「昔九ちゃんの曲で流行ったらしいぜ」
「あぁ、愛はどこからやってくるのってやつね！」
「はぁ？　上を向いて歩くやつだろ？」
「え？　自分の胸に問いかけた？」
「なんで反省しなきゃなんねぇんだよ？」
「だってそういう歌だもん！」

トッピングカップル 14

「で、公ちゃん。レッドホットチリペッパーって何？」
「スタンド」
「なにそれ？　立つの？」
「電気で戦うんだよ」
「え？　どういうこと？」
「おめぇにはちょっと難しい話だよ。多分おめぇが言いたかったのはレッドホットチリペッパーズの方だろ」
「え、何が違うの？」
「やれやれ、複数形かどうかだろ」
「う〜ん。違いがよくわかんなかった。で、それは何なの？」
「バンド」
「歌うってこと？」
「そうだな」
「どんな曲があるの？」
「デスノートの主題歌」
「へぇ〜、そうなんだ〜」
「あの曲かっこいいよな！」
「沙羅魅どんなのか覚えてないけどね〜」
「ふ、そんなことだろうと思ったぜ」
「は、公ちゃん、一芝居打ったのね！」
「マヌーバーだし」
「ま、まぬーばー？」
「ドラクエの呪文だよ。maneuver」
「そんなのあるんだね〜」

「で、レッドホットチリペッパーズって日本語にするとなんになるの？」

「レッチリ」
「わあ！　かなり短くなった！」
「しかも言いやすいぜ！」
「レッチリ！　ほんとだ！」
「ちなみにレッチリのギタリストはたくさん入れ替わってるんだぜ」
「え、遺伝子組換え？」
「それをいうならメンバーチェンジな」
「なんでかわっちゃうの？　交通費の待遇悪いのかな～？」
「ヘロインで死んだり、いろいろと大人の事情があるんだよ」
「へぇ～、ギターの神様に見放されてるバンドなのかもね～」
「エリクラにか？」
「え、誰それ？」
「ギターの神様って言ったらエリック・クラプトンしかいねぇだろ！」
「え、ギターの神様はうえむらなんとかじゃないの？」
「は？　誰それ？」
「日本人」
「だろうな」
「あ、うえむらはなって名前だった気がする！」
「は？」
「あ、植村花菜はトイレの神様だ～ｗ」
「ぜんぜんちげぇし！」
「同じ神様じゃん～」
「ギターとトイレを一緒にすんなよな！」
「捨てる神あれば拾う神あるって言うじゃん～」
「トイレの神様に拾われてもレッチリは嬉しくねぇと思うぞ」
「それもそうだね～。べっぴんさんになってもしかたないもんね～」
「いや、裸に靴下のべっぴん4人組なら違うファンがつくかもしれねぇ」
「なにそれ！　確かに見てみたいかも！」
「でも、無理だな」

「え、なんで〜？」
「だって、フリーはぜってぇにトイレ掃除しねぇ顔してんもん」
「なにそれ！　名は体を表すってやつじゃん〜！」
「見た目もかなりフリーだし！」
「完全に名は体を表すってやつじゃん！」
「そうだな。福沢諭吉もびっくりだな！」
「すごいね〜。麻婆茄子だね！」
「それマーベラスな」
「え、ナスは英語でしょ？」
「こっちはラスだからな」
「あー、一文字違いかー」
「突然見づらい伸ばしにすんなよな」
「いいのいいの。ヒ〜リングが1番♪」
「フィーリングだろ。数字と漢数字も混ぜてくんなよな」
「いいのいいの。フリースタイル#♪」
「半音上げてくんなよな」
「ああねああね。ヒラーシソアリ♪」
「今度は一文字上げてくんなよな」
「あ〜、ウラタラ食べたくなっちゃった♪」
「は？」
「エビチリってこと♪」
「おめぇ変な所で頭の回転早いよな」
「うん。瞬殺のK.O.勝ちは得意だからね♪」

トッピングカップル 1602

「これは例のやつだな」
「え、霊のやつ！？」
「あぁ、間違いねぇ」
「怖いね〜」
「大丈夫だ。やつはまだ遠くに行っていない」
「え、なおさら逃げなきゃ！」
「はぁ？　逃げるってチャンスじゃん」
「え、なんのチャンス？」
「捕まえるチャンス」
「無理無理無理無理！　沙羅魅霊のやつは絶対無理！」
「はぁ？　あんなんちょろいし」
「だって何してくるかわかんないじゃん！」
「攻撃して来たら避ければ大丈夫だし」
「だって姿が見えないじゃん！」
「は？　すぐ出てくるからそこを捕まえたらいいんだよ」
「え〜、出てきたら無理〜！」
「おめぇこの前そんなに怖がってたか？」

「いたぞ！」
「むり〜！」
「のらねこ！」
「むり〜、ばけねこ〜！」
「化けてねぇし」
「え、本当だ〜！」
「よし、捕まえるぞ！」
「まて〜、沙羅魅をおどかした罰でボッコボコにしてあげる〜♪」
「おい、そういうこと言うな。動物愛護団体からクレーム来るだろ！」

「なんで？　このやり場のない怒りをのらねこにぶつけないでどうするの？」
「ぶつけるな。虐待になるし！」
「違うよ。虐殺だよ♪」
「それもっとやべぇし！　おめぇいつからそんなキャラになった？」
「ふろむなう！」
「ねこにげろ〜！」

「にげちゃった〜」
「そりゃ生命の危機を感じたら逃げるだろ」
「公ちゃんのせいで仕損じた〜」
「むしろ仕損じてなかったら化けて出てたろ」
「あ、それは困る〜」
「だろ」
「公ちゃんのせいで助かったんだね〜」
「そこおかげな」
「公ちゃんのせいでおかげになったね〜」
「つまり、おかげさまってやつだな！」
「だね！　このご恩は一生忘れません！」
「おめぇのそれぜってぇ一瞬の間違いだわ」
「そんなことないよ！　公ちゃんが誰かに殺された時は仇を討つから！」
「誰に殺されるっていうんだよ！　まずそれがありえねぇだろ！」
「そんなの関係ないもん！　沙羅魅ちゃんちゃんと仇討つもん！」
「わかったよ。でも、それが嘘だったら化けて出るからな！」
「え、それは困る〜」

トッピングカップル 1118

「ミッキーかわいいよね〜」
「おい、ミッキーって使うと肖像権でアウトだぞ!」
「え、著作権じゃなくて?」
「あれ、商標登録だったかな?」
「やばいね、ディズニーに訴えられたら潰されちゃう!」
「おい、そこデズニーにしとけよ!」
「そっか、デスティニーには逆らえないよね。じゃあ、あのネズッミーはなんて言ったらいいの?」
「マッキー!」
「マジ?」
「マジックの方じゃねぇぞ!」
「ローリーのいとこ?」
「おい、カミングアウトすんなよ!」
「沙羅魅が話してるのはずっと夢の島の住人の方だよ」
「あぁ、あそこ埋立地だもんな」
「埋め立て地?」
「舞浜って名前はデズニーランドがあるマイアミビーチから取ったらしいぜ」
「え、それはさすがに作り話でしょ?」
「信じないならググってみろよ」
「え、沙羅魅はヤフー派だからな〜」
「じゃあ、辞書を引け辞書を」
「今持ってないもん」
「じゃあ、家帰ってから引けよ」
「覚えてたらね〜」

「じゃあさ、メスネズミーの方はなんて呼べばいいのかな?」

「そりゃマニーだろ」
「ジブリにあったやつ？」
「あれはあんま売れなかったらしいから、そっと思い出にしとけ」
「マニーか〜。なんか変じゃない〜？」
「ちげぇよ、Money！　だし！」
「うは、発音めちゃくちゃいいｗ　マッキー＆マニーだね♪」
「あぁ、マッキーミウスとマニーミウスな」
「マッキーミウスとマニーミウスｗ」

「じゃあ、ドナルドは？」
「ダナルドドック」
「それ犬じゃん！」
「は？　犬はドッグだろ。ドックは医者だろ」
「なんかヤブ医者ぽいね」
「相方はダイジーデックだな」
「デックが大事なんだね」
「は？　デックってなんだよ？」
「え、わかんない」
「はあ？　おめぇ自分の発言には責任持てよな」
「うん……」

「デップとチール、フィーグー、トループ、サープン、ユナとアキ」
「え、後半わかんない」
「は？　リスリスイヌイヌクマヒトヒトだろ」
「え、エコエコアザラク　エコエコザメラク　エコエコケルノノ……」
「おいやめろ！　オレを呪う気か！？」
「え、呪わないし。ユナとアキがわかんなかった」
「あれだよ。たつまか子がレットイットビー歌ったやつ」
「え、松子はレリゴーだよ！　レットイットビーなんてないのに恥ずか

しい間違え！」
「別に恥ずかしくねぇし！　それも入れ替えただけだろ！」
「図星デラックス！　しかも、雪はキャラの名前じゃないし～」
「な、なんだと……」
「そこはアルサとエナにしなきゃ～」

「くそ、今日は調子が悪いぜ」
「そんな日もあるよ」
「おめぇはいいよな。いつも間違えてていいから」
「え、沙羅魅はいつも正しいことしか言わないよ～」
「じゃあ太陽はどっちから昇る？」
「東！」
「はぁ、バカボンを見ろ、バカボンを！」
「え～、バカボンかわいくないんだもん。沙羅魅はアッコちゃん派だよ♪」
「アッコの方がデカいしかわいくねぇじゃん」
「やばいよ、やばいよ。それこそ名前出したら消されちゃう！」
「おっと、そうだったな。ぜってぇ笑って許してもらえないもんな！」
「そうだよ。殺すって言った人消えちゃったもん！」

☆ワンポイントトリビア☆
※ここのワンポイントトリビアは削除されました

信じるか信じないかはあなた次第です！

トッピングカップル 1031

「この季節になると町一色オレンジだな」
「ハロウィンだもんね〜」
「BGM も同じような曲ばっかりだな」
「あとクリスマスのやつね」
「は？　クリスマスはねぇだろ」
「あのコープスブライドの監督のやつだよ〜」
「は？」
「そっか。コープスブライドはマイナーだった〜。バットマンの監督の人だよ」
「は？　なんでバットマン？　仮装と関係あるのか？」
「あぁ、それもマイナーだった〜。あのジョニーが出てるやつ」
「は？　ジョニーデップ？　　パイレーツ？」
「スリーピー・ホロウだっちゅーの！」
「は？　そんなのあったか？」
「あとはシザーハンズ」
「あ〜、わかった！　ティムバートンな！」
「そうその人！」
「だったら、もっとわかりやすくチョコレート工場かアリスって言えよな！」
「ッゴーストバスター！」
「おい、突然 BGM に影響されるな！」
「だって〜、あれ言いたくなるじゃん！」
「ならねぇし！　てかおめぇティムバートン好きだったんだな」
「うん。沙羅魅は才能のある変人は好きなの〜」
「名監督を変人呼ばわりするなよな」
「ッゴーストバスター！」
「またかよ。ちなみにそれゴーストバスターズな」

「え、ズは言ってなくない？」
「やれやれ、おめぇは映画を日本語吹き替え版でしか見ねぇから語尾の子音が聞き取れねぇんだよ」
「え〜、沙羅魅だって死因ぐらいわかるもん。熱で溶けちゃったんだよ〜」
「それ何の話だよ」
「マシュマロマンのミシュランくんだよ〜」
「勝手に混ぜて三つ星にすんなよ」
「え、なんで？」
「あいつら見た目は似てるけど明らかにちげぇだろ」
「え〜、うそ〜！　軽くショックなんだけど〜」
「軽くてよかったじゃん」
「そうだね、マシュマロだけにね！」
「……それ上手いこと言ったつもりなのか？」
「うん。マシュマロだけにね〜♪」
「それはまあまあうめぇ方だな」

「ねぇねぇ DJ ポリス見に行きたい〜」
「は？　ぜってぇやだし、渋谷ぜってぇ人混みだし！」
「え〜、行こうよ〜スクランブル交差点〜」
「曲のタイトルみたいなこと言ってんじゃねぇよ」
「ムスカのコスプレの人がさぁ、
『メガ！　メガ！　人がゴミのようだ〜！』って言ってるの見たい〜」
「そんなやつぜってぇいねぇし、変な作り話作るなよな」

トッピングカップル 7522

「いじめダメ絶対!」
「だよな。まぁ、どちらかというとおめぇはいじめる側だけどな」
「麻薬ダメ絶対!」
「だよな。まぁ、どちらかというとおめぇは使わなくてもぶっ飛んでるけどな」
「いじめダメ絶対! 撲殺!」
「やっぱりおめぇが一番危ないやつだよ」
「麻薬ダメ絶対! 撲殺!」
「おめぇはフィリピンの大統領かよ」

「そう! 沙羅魅はこの国の大統領になろうと思います!」
「それは麻薬組織の前に国が壊滅するだろ」
「まず学校をなくします!」
「それ自分が勉強したくないだけだろ」
「そんなことありません!」
「てかもう学校行かねぇんだから、おめぇには関係ねぇじゃん」
「やっぱり学校は残します! その代わり残業をなくします!」
「働きすぎはよくねぇけど、仕事が忙しい時期とかは残業必要だろ」
「そんなの関係ないです。みんなやる気が足りないだけです!」
「やる気でなんでもできたら誰も苦労しねぇし」
「きっと元気も足りないだけなんです!」
「いやいや、そんな単純な話じゃねぇからな」
「秒速でブラック企業撲滅します!」
「おめぇ知ってるか? ブラック企業の中には有名なチェーン店とかあるんだぜ」
「え、あれとか!?」
「ああ、あれとかあれとかあれとかもな」

「え〜、やばいじゃん〜！　会社なくなったらどうなるの？」
「間違えなくあれとかあれは二度と喰えなくなるな」
「わかりました。沙羅魅、辞任します！」
「もう辞任かよ、早ぇな！」
「沙羅魅グループ解散します！」
「あ、空耳か。わたみって聞こえたぜ」
「ちょ、ちょっと、ブラックなネタ入れないでよ！　美味しいの食べられなくなっちゃうんでしょ！？」
「おめぇが先に暴走したんだろ」
「そんなことないです。沙羅魅は普通の女の子に戻ります！」
「それは無理だな」
「え、なんで？」
「だっておめぇ初めから普通じゃねぇじゃん」
「あ〜、そうだよね〜。2000人に1人の美少女だもんね〜♪」
「微妙なラインだなそれ」

☆ワンポイントトリビア☆
※ここのワンポイントトリビアは削除されました

信じるか信じないかはあなた次第です！

トッピングカップル 791056

「膝枕ってあれ太ももだよな?」
「え、沙羅魅にやって欲しいの?」
「ちげぇし」
「もう公ちゃん照れちゃって〜」
「オレは純粋に言葉の疑問を投げかけただけだろ?」
「いいんだよ純粋な気持ちを隠さなくて〜」
「てか、おめぇの太もも固そうだから別にいいし」
「ひど〜い、筋肉質って言ってよね〜」
「おめぇの太もも筋肉質で固そうだよな」
「うん。そうだよ♪」

「だから、もも枕って言えばいいと思わねぇか?」
「たしかにそうだね〜。てか、それなら足枕でいいんじゃない?」
「足枕はちげぇだろ〜」
「え〜、だって足じゃ〜ん」
「足だったらスネかもしれねぇじゃん」
「それもそうだね〜。じゃあ、スネ枕はなんて言うの?」
「泣き枕」
「え、なんで?」
「少しは考えろよな。スネのこと弁慶の泣き所って言うだろ」
「あぁ〜、言うねぇ〜。思いけり蹴り入れるよねぇ〜。相手泣くよねぇ〜」
「ちなみに弁慶はギリシャ神話にも出てるんだぜ」
「え、うそでしょ?」
「神話と書いてマジ!」
「どゆこと?」
「じゃあ、おめぇアキレス腱のことなんて言う?」

「アキレス腱」
「じゃあ、なんでアキレス腱って言うか知ってるか？」
「それは〜、アキレスがカメと追いかけっこしたとか......」
「ぜんぜんちげぇし！　それはウサギだろ！」
「あ、そっか」
「アキレス腱っていうのはアキレスっていう人がアキレス腱切られて相手にやられたからついた名前なの」
「へぇ〜。公ちゃん物知り〜」
「つまりアキレスの弱点がアキレス腱。弁慶の弱点がスネ」
「うん。つまり？」
「おめぇ表裏一体って言葉知ってるか？」
「うん。なんとなく」
「足の前面が弁慶、裏側アキレス。ということは......」
「え〜！　まさか、表と裏が一緒で同一人物だったってこと〜！？」
「ご名答！」
「すごいね〜！」
「義経が実は生きてて東北とかモンゴルに行ったとか言われてるけど、弁慶のが遥かにすげぇ旅をしてたんだぜ！」
「それ超大河ドラマになっちゃうね〜！」
「総大スペクタルロマンス間違いねぇな！」
「誰とロマンスするの？」
「そりゃ牛若丸だろ！」
「あ〜、元祖BLだねw」
「だな。日本初のBLかもな！」
「すごいね、源氏物語！」
「な！　清少納言マジでパねぇな！」
「マジで大和のハイカラさんだね♪」

トッピングカップル1111

「え、グレイってギター3人もいるの！？」
「は？　んなわけねぇじゃん」
「え、だってほら！」
「あぁ、JIROが持ってるのはベースだぜ」
「え、どこが違うの？」
「音が違うんだよ」
「音が違う？」
「ベースは低音を出すんだよ」
「へぇ〜、そんな代物もあるんだね〜」
「ちなみに弦の数が4本がベース、6本がギターな」
「へぇ〜、じゃあ5本はベターだね！」
「あぁ、そうなるな！」

「で、ジロウってどの人？」
「この人な」
「へぇ〜、意外と普通の人だね〜」
「確かにHISASHIと比べたら普通に見えるな」
「HISASHIってこの半分半分の人？」
「そうそう」
「で、この人がテルでしょ！」
「お、TERUは知ってるのな」
「も〜、それぐらいは常識でしょ〜。で、もう一人はなんていうの？」
「えっと〜、確かSUGIZO」
「へぇ〜、スギゾーか〜」
「ちなみに本名は久保田くろうだぜ」
「へぇ、全然スギちゃん要素ないね〜」
「そんなこと言ったらJIROだって和山よしひとだぜ」

「へぇ〜、次男だったのかもね〜」

「ちなみに SUGIZO は X JAPAN にも入ってるんだぜ！」
「え、ヨシキがいるエックスジャパン？」
「そうそう、おめぇ意外と X JAPAN も YOSHIKI も知ってるのな」
「兄上がヨシキ好きだからね〜」
「それは納得だわ」
「裸でドラム叩いてピアノ弾いてかっこいいよね〜」
「おめぇは男の裸好きだもんな」
「え、妬いてるの？」
「別にもうなんとも思わねぇし」
「あれ？　そういえば GLAY ってドラム誰？」
「は？　あれ？　いねぇな」
「いないよね」
「おかしいな」
「おかしいね」
「でも、ライブだと誰か叩いてたはずなんだけどな」
「え、もしかして幽霊部員なんじゃない？」
「あぁ、それあるえるな！」
「あるえるでしょ！」
「じゃあ、幽霊が叩いてるってことで決まりだな」
「え〜、それは怖いね〜、沙羅魅もうグレイ聴けないかも〜」
「実はあのドラムの音は幽霊が〜！」
「きゃ〜！　やめてよ〜！」
「と言って、実は YOSHIKI だったのです！」
「きゃ〜！　ヨシキ〜！　兼部最高〜！」
「おめぇ絶対ぇ今の適当だろ」
「そんなことないよ〜」
「ポッキーのチョコ舐めて濡れプリッツにしてるやつがよく言うよ」

トッピングカップル 7974

「公ちゃん。ポケモン GO やばいね!」
「そだな、ポケモン GO やべぇな!」
「だって、子ども轢いちゃうんだよ!」
「そっちかよ! てか、その場合は完全にドライバーが悪いパターンなんだけどな」
「沙羅魅はそんなことないと思うよ。ポケモン GO の存在が人々を惑わし人々を悪の道に導いてるんだよ〜」
「そうか、つまり必要悪ってやつだな」
「そうだね!」
「まぁ、そういうおめぇがミニリュウの巣に行きたいって言ったからこうして出かけてるわけであって……」
「え、なんか言った?」
「早速ニドランかよ」
「うん。女の子の方だよ♪」
「ポケモン GO が悪とか言ってたやつがよくやるよな」
「うん。正義は必ず勝つだからね!」
「意味わかんねぇし。てか、さっきピカチュウ出て小躍りしてたの誰だよ」
「それはもちろん沙羅魅で〜す♪」

「てか、老人が運転してた車だって人轢いてるぞ」
「それは完全に老人が悪いんだよ」
「つまりそういう事故の場合はほとんど運転する人に問題があるわけだ」
「もういっそ、そういうドライバーみんな死刑にしちゃえばいいのにね」
「おめぇはがきデカかよ」
「じゃあ、いっそ老人みんな死刑にしたら?」
「現代版姥捨山かよ。おめぇの辞書には人権って言葉がねぇのか?」
「あるけど老人は適用外かな。だって、老害っていうでしょ〜」

「おいおい、別に老人がすべて悪いわけではねぇからな。結局は三すくみのバランスが崩れたのが悪いんだ」
「三すくみ？」
「あれだよ、じゃんけんと一緒で老人は大人より強くて、大人は子どもより強くて、子どもは老人に強いってやつ」
「あぁ、おじいちゃんおばあちゃんは孫には弱いもんね〜」
「核家族が増えてるから現代のパワーバランス乱れまくりなんだぜ」
「へぇ、たしかに三国志の時から三すくみってあるもんね〜」
「あとポケモンも三すくみだな」
「火と水と草ね〜」
「格闘、エスパー、悪もな」
「え、なにそれ？」
「三すくみな」
「え、どういうこと？」
「弱点ってこと」
「それはよくわかんないな〜」
「ま、捕まえるだけのおめぇには関係ない話だな」

「てかさぁ、車がなくなれば誰も轢かれなくない？」
「いやいや、問題はながらウィザフォだからな」
「そっか〜。じゃあまず小学校にある金ちゃんを撤去しなきゃだね」
「金ちゃん？」
「二ノだよ」
「あぁ、二宮金次郎な。確かにあれは時代遅れだわ」
「でしょ、あれこそ学校の怪談を生み出した悪の巣窟だよ！」
「撤去してもかわんねぇと思うけどな。結局はウィザフォを使う人の意識の問題だぜ」
「意識改革だね！」
「そう。現代はみんなが自分のことばかり考えてるからいけないんだ。

人の迷惑になるかも、危ないかもって思ったらやめるべきだし、普段からそういう細かいことを考えないといけないんだ。
いいか沙羅魅人を傷つけるのは簡単だけど守るっていうのは難しいんだぜ。その人の尊厳を守る、プライドを守る、利権を守る、家を守る、命を守る。相手を傷つけそうになったら一歩引くっていうのも時には必要になってくるんだ。
『目には目を歯には歯を』っていう四字熟語があるだろ？　つまり、暴力には暴力、優しさには優しさ、愛には愛が返ってくるんだ。だから、普段から他人には愛を持って接するのが一番大事なんだぜ」

「へぇ～、めんどくさ～い。てか、公ちゃんなんか今の気持ち悪～い」
「そりゃあ、たまにはイイことも言わないといけねぇだろ？」
「へぇ。沙羅魅にはどこらへんがイイことなのかわかんなかったけどね。てか、まったく頭に入ってこなかったよねぇ～」
「おめぇは考えるよりも先に行動する派だもんな」
「自分の気持ちに素直って言ってよね！」
「素直っていうか、のーてんきだよな」
「そんなことないよ。イエスてんきだよ！」
「つまりどういうことだよ？」
「あ～、もうめんどくさ～い」
「おめぇそうやってすぐ何でもめんどくさがって考えることをやめてるとますます頭パーになるぞ」
「それは大丈夫だよ。毎日明日の朝食のことで頭がいっぱいだから～」
「おめぇの頭の中は平和でいいな」
「あとお腹も平和でいっぱいだよ♪」

トッピングカップル ひ

「何してんだよ沙羅魅?」
「沸かしてるやかんの上に手をかざしてるんだよ♪」
「そりゃ見ればわかるし、で?」
「だから、沸かしてるやかんの上に手をかざしてるんだよ♪」
「だから、そりゃ見りゃわかるし。つまりそれで何かあんのかよ?」
「ないよ」
「ないのかよ。味が変わったりするのかと思ったぜ」
「違うよ。こうすると手があったかいんだよ」
「なんだそういうことか」
「うん」
「でも、そんなとこで暖をとるなよな。ストーブを使えストーブを」
「だって熱エネルギーがもったいないじゃん」
「いいんだよそれくらい。文明の利器を使え文明の利器を」
「でも、沙羅魅は焚き火派だからな〜」
「は? 部屋ではやんなよ」
「やんないよ〜。部屋でやったら暖炉になっちゃうよ〜」
「それもそうだな。キャンプでやんのか?」
「やんないよ〜。キャンプでやったらキャンプファイヤーになっちゃうよ〜」
「それもそうだな。公園でやんのか?」
「やんないよ〜。公園でやったら不審火だよ〜」
「それもそうだな。じゃあ、どこでやれば焚き火なんだよ?」
「やんないよ〜。焚き火なんか今時誰もやんないよ〜」
「は? おめぇオレにケンカ売ってんのか?」
「やんないよ〜。ケンカなんて今時誰も売らないよ〜」
「それもそうだな。じゃあ、何すんだよ?」

「ストリートファイト！」
「それつまるとこケンカだろ？」
「違うよ〜。ケンカじゃ誰もヨガファイヤーしないもん」
「それもそうだな」
「インド人すごいよね〜」
「インド人パねぇよな〜」

「ヨガファイヤーはヨガの修行したらできるようになるかな？」
「それは無理だろ」
「どして？」
「普通のヨガとかホットヨガはあるけどファイヤーヨガはねぇだろ」
「そっか、発熱はできても出火はできないのか〜」
「そゆこと！」
「じゃあ、どうすれば火を出せるようになるかな？」
「それはおめぇの親に聞けよな」
「え〜！ また熱した中華鍋を素手で掴んだり、火の上歩かされるのはやだよ〜！」
「マジか！ とんでもねぇことしてたのな、おまえの親父！」
「それをいうならおめぇの親父でしょ、言葉遣い普通になってるよ〜」
「だな。おめぇの親父の意外な一面を知ってビビっちまったぜ」
「兄上とかは焼いた鉄の棒とか背中につけられてたけど、沙羅魅は女の子だからやらずに済んだんだよ〜」
「恐ろしいな、おめぇん家」
「ああ、父上の話してたらラーメン食べたくなっちゃった〜」
「それじゃ、あとで喰いに行こうぜ」
「だね！ 沙羅魅はチャーシューラーメン肉抜き食べよ♪」
「そこニンニクラーメンじゃねぇのかよ」
「いいんだよ。だって、沙羅魅父上のことは食べられないもん」

トッピングカップル 1475

「本物だったら強制わいせつだよね」
「おめぇ難しい言葉知ってるな〜」
「実際いたら破廉恥だよね」
「おめぇ難しい漢字知ってるな〜」
「命令してくるあたりとか何様って感じ」
「まぁな」
「ミロのビーナスだってね。威張っちゃって」
「そういう名前なんだよ」
「わざわざ見せびらかさなくったってね〜」
「おめぇ僻んでんのか？　もしかして胸に自信がないのか？」
「わ〜、セクハラ〜」
「ちげぇだろ。他愛のない会話だろ」
「おまわりさんこの人です〜！」
「おいやめろよ、みんなこっち見てるだろ！」
「きゃ〜、さわった〜！」
「おい、軽くだろ」
「この人、痴漢です〜！」
「おい、待てよ」
「乱暴される〜！　きゃ〜！」
「おめぇ美術館で騒ぐな〜！」

「なんで追い出されたんだろうね？」
「オレはあの場から早く出られて助かったぜ」
「ちゃんと見たかったなダヴィデ像」
「おい、そういう発言はやめとけよ」
「なんで？　だってミケランジェロが作った美しい肉体美だよ！」
「それ重語な」

「そう。ミケジェロは15世紀の人なの！」
「おめぇ詳しいな。オレはおめぇのストライクゾーンがよくわかんねぇよ」
「筋肉美しいよねぇ〜」
「てか、ダヴィデ像こそ強制わいせつだぞ」
「違うもん！　ダヴィデはそんなことしないもん！」
「まぁ、動かねぇもんな」
「ダヴィデ象は猥褻物陳列罪だもん！」
「そういう意味かよ！　オレはおめぇのアウトラインもよくわかんねぇよ！」
「う〜ん。アウトラインは腹筋の割れ方次第かな〜♪」

「お、あっちは仏像の展示みてぇだな」
「え、殴る蹴るのブツ像？」
「ちげぇし、フランスの像と書いて仏像な」
「あ〜、そっちね〜♪」
「観に行くか？」
「うん。しゅらしゅしゅしゅの阿修羅いるかな？」
「いるかもな」
「沙羯羅いるかな？」
「それはわからねぇな」
「不動明いるかな？」
「それはデビルだからいねえだろ」
「布施明は？」
「ぜってぇいねぇ」
「じゃあ、布施明の奥さんの出身地辺りで有名な……」
「帝釈天はいるんじゃねぇ？」
「え、なんでわかったの？」
「おめぇの考えてることぐれぇ読めるし！」

トッピングカップル 572

「この家電なぁに?」
「それファミコンだし」
「え、これがファミコンなの? すっごい黄ばんでるね〜」
「仕方ねぇだろ。中古なんだから」
「これゲームできんの?」
「当たりめぇだろ。他に何すんだよ?」
「テレビ電話とか?」
「無理だし!」
「じゃあ、ゲームやってみてよ〜」
「おう」

「ドラクエは復活できるようになってからが面白いんだぜ」
「あの呪文ってやつね♪」
「勇者はすぐ死んじまうからな」
「そんな弱いの?」
「そりゃそうだろ。電源切れたら簡単に死ぬし」
「へぇ、そんな弱点があるんだね〜」
「だから毎回覚えなきゃなんねぇんだぜ」
「どんな呪文なの?」
「きほばかば えしじださぎし つめらろさ まぢぼ」
「え?」
「きほばかば えしじださぎし つめらろさ まぢぼ」
「それ覚えなきゃいけないの?」
「もちろん! 覚えなきゃ復活できねぇからな」
「長くてめんどくさくない?」
「めんどうだけど覚えなきゃ復活できねぇからな。昔の日本人はちゃんと覚えてたみてぇだぜ」

「なんかカクカクしてるね〜」
「昔のだからな」
「海も角ばってるね〜」
「昔のだからな」
「変ながいこつ出たよ〜」
「昔のだからな」
「文字はや！」
「昔のだからな」
「がいこつ点滅したよ！」
「こうげきがあたったんだよ」
「消えた！」
「倒したんだよ」
「なんか戦いぽくなくてつまんないね〜」
「おめぇは格ゲーしかわかんねぇもんな」
「うん。沙羅魅には血肉心熱く湧き踊るぐらいがちょうどいいよ。そういえば兄上と波動拳の練習したなぁ」
「あれは十字キーがちょっと難しいんだよな」
「十字キー？」
「コントローラーのこれな」
「なんでそれが関係あるの？」
「は？」
「腰を深く落として波動拳！　ってやるんだよ」
「実際の練習かよ！」
「あれは習得できなかったな〜」
「誰もできねぇし」
「かめはめ波も無理だったなぁ」
「人間には無理だろ」
「え、あの地球人でもできるじゃん！」
「あぁ、亀仙人な」

「クリリンのことだ〜！！！！！！！！！」

「おめぇが叫ぶから壁ドンされちまっただろ！」
「違うもん。あの地球人って言ったら誰がなんと言ってもクリ坊のことだもん！」
「は？　クリ坊はきのこだぜ」
「きのこは皿田だもん！」
「いやいや、サラダはでてこねぇだろ」
「え、パパとママがペコちゃんなんだよ！」
「は？」
「ナウいって言う子だよ♪」
「ダメだ、おめぇと話しながらじゃ集中できねぇ」
「え、もうやめちゃうの〜？」
「別に興味なさそうに見えるけどな」
「あっ、バレてた〜」

「これが復活の呪文ね〜。長いね〜」
「長ぇよな」
「これ覚えなきゃなんないの？」
「当たりめぇじゃん、覚えなきゃ復活できねぇだろ」
「どうやって覚えるの？」
「こんなん10回読めば覚えられるだろ」
「マ、マジ？」
「真剣と書いてマジ！」
「でもこれさぁ、写真撮っちゃったら早いんじゃない？」
「はぁ、おめぇはそんなチーターみたいなことすんのかよ！」
「え、ピーター？」
「チーター。チート行為するやつ」

「チート行為？　え、なに！？　急にエッチなこと考えてるの！？」
「ちげぇし！　ズルをする人のことチーターって言うの！」
「へぇ〜、そうなんだ〜。でも写真とってもいいじゃん。別にずるくないよ〜」
「はぁ？　昔はウィザフォがなかったんだから、何も使わねぇのがファミコンに対する礼儀ってもんだろ！」
「あぁ、武士道ってやつね〜。公ちゃんはそういうとこ細かいよね〜」
「まぁな。それが男気ってやつよ」
「それじゃあさ、この呪文を紙に書くのは？」
「ああ、それはありかもな。おめぇ意外といいアイディア出すな」

トッピングカップル 128

「強い男ってかっこいいよね〜」
「あ、それおめぇの兄貴のことだろ」
「え、今はウルトラマンのこと言ってたんだよ」
「なんだそっちか。でも、それわかる！」
「でしょ！　やっぱ正義の味方っていいよね」
「はぁ？　おめぇは正義って何かわかってるのか？」
「ソフトバンクの社長？」
「ちげぇし！」
「え、どゆこと？」
「正義っていうのはあくまで多数派のルールを守ってる存在だけであって、本当に正しいことをしてるとは限らないんだぜ」
「え、総理大臣とか？」
「だな」
「あと大統領とか？」

「だな」
「プリキュアも？」
「だな」
「え〜、公ちゃんその発言は女の子の敵だわ〜。じゃあ仮面ライダーはどうなの？」
「ありゃ悪者だろ。だって元々ショッカーだし、悪いヤツなら平気で蹴って爆破するんだぜ！」
「マジ？」
「演出と書いてマジ！　いくら悪者でも無差別に殺すのは正義じゃねぇだろ」
「え〜、でもやっつけるのがかっこいいんじゃん！」
「やれやれ、血に飢えた家庭で育っただけに簡単に洗脳されちまってるな、おめぇは」
「血に飢えて何が悪いの！　沙羅魅洗脳なんかされてないもん！」
「やっぱさぁ、敵って言っても会話で意思の疎通ができるんだから話し合うべきだろ？」
「え〜、沙羅魅怪人とか変態とかと話し合って仲良くなる勇気ない〜」
「やれやれ、おめぇみたいなヤツがいるからこの世から戦争がなくならねぇんだよ」
「え？　公ちゃん今日熱でもあるんじゃない？　イソジンでうがいした方がいいよ！」
「おめぇは今すぐイマジン聴いた方がいいぞ！」
「え、イマジンって誰？」
「ビートルズだからイギリス人だよ」
「え、ビートルズって怪人？」
「はぁ、それはギャートルズだろ？」
「え、原始人ってこと？」
「原子人？　なんだよその超人アトミック野郎は？」

「え、ちょうじん？　鳥人間？」
「は？」
「え？」
「はぁ？」
「どゆこと？」
「知るかよ！」

「とにかく！　吉田沙保里が最強ってことで異論はないな！」
「うん。それは確実！　だって沙羅魅は目からビーム出せないもん！」
「ありゃ、オレも無理だわ！」
「アコムしたらできるようになるかな？」
「いや、さすがに無理だろ」
「どんな修行したら出るのかね、あのビーム」
「出た！　沙羅魅の修行オタク発言！」
「公ちゃんが修行しなさ過ぎなだけだよ」
「いやいや、ウルトラマンとかスーパーマンは修行しなくても強いぞ」
「だってあれは宇宙人でしょ！　目からビームも......あ、あれ？
もしかして、さおりんも宇宙人？」
「だな、宇宙人だからできるってことだな」
「そっか、さおりんは努力タイプの宇宙人なんだね〜」
「そうなるな」
「宇宙人て案外沙羅魅達の周りにいるのかもしれないね！」
「いやいや、それはねぇだろ」
「案外この前の波路琉ちゃんが宇宙人だったりしてね！」
「いやいや、おめぇの勘はすげぇけど、そこは否定しとくわ！」
「そっか〜、じゃあ公ちゃんが宇宙人？」
「それは100%ないわ」
「だよね〜、しょせん公ちゃんは地球人だもんね〜」

トッピングカップル の

「おめぇリップスティックつけるんだな」
「当然でしょ〜。女子だもん♪」
「つけると何の意味があんだ?」
「乾燥からくちびるを守ってくれるんだよ♪」
「そんなんくちびる舐めときゃいいじゃん」
「公ちゃん、それダメなんだよ。逆に乾燥しちゃうんだよ〜」
「なんで?」
「唾液はくちびるの油分を奪っちゃうんだって〜」
「へぇ、それはおめぇが胃酸過多なんじゃね?」
「違うも〜ん」
「でも、おめぇこの前足を擦りむいた時ぺろぺろ舐めてたじゃん。あれはいいのかよ?」
「それはそれ、これはこれなの!」
「まぁ、いいけど。ちょっと貸してみ」
「え、公ちゃんも塗りたいの?」
「ちげぇよ。何が書いてあるのか見んだよ」
「キティちゃんだよ♡」
「へぇ、女子っぽいな」
「女子だもん! サンリオで買ったんだもん!」
「ふ〜ん。これベトつかねぇのか?」
「まぁ、ちょっとはベトベトだけどね〜」
「ふ〜ん」
「塗りたくなった?」
「ならねぇし、てかこれスティックのりって書いてあるぞ」
「そだよ♪」
「そだよ♪ じゃねえよ!」
「なんで? いちごの匂いつきだよ♪」

「いやいや、これのりじゃん！」
「そだよ♪」
「そだよ♪　じゃねえよ！」
「いいでしょこれ♪　デズニーのやつと迷ったんだけどね〜」
「いやいや、そこじゃねえし！」
「じゃあ、どこならよかったの？　すみっコぐらし？」
「メーカーの話じゃねぇよ。リップスティックって言ったらリップスティックだろ！」
「うん。くちびるに塗るやつだよ♪」
「いいか沙羅魅。スティックのりは紙と紙を貼るのに使うやつだから、リップスティックとは別商品なんだぞ」
「あ〜、紙と紙ってドラゴンボールであったね〜」
「それは横に置いておいて、スティックのりとリップスティックは別物なの。わかるか？」
「ピアニカとメロディオン的な違い？」
「いやいや、洗濯のりと岩のりぐれぇ違うって話な！」
「あ、ごはんですよってことね！」
「どうしてそうなる！」
「だってそろそろご飯の時間でもあるし〜」
「今は食いもんの話はしてないの。スティックのりじゃなくてリップスティックっていうちゃんとした商品があって、他の女子はそれを塗ってるってことな！」
「どこに？」
「くちびるに！」
「え？」
「わかるか？」
「ちょっと考えさせて」

……

「てっ、え〜！　じゃあ、今までスティックのりを口に塗ってた沙羅魅がまるでバカだったみたいじゃん！」
「詰まる所そういうことだろ！」
「がーん、バッドばつ丸！」
「気づけてよかったじゃん」
「どおりでなんか美味しいわけだ〜」
「美味しかったのかよ！」
「うん。公ちゃんも舐めていいよ」
「やめとくわ……」
「え〜、せっかくいちごの匂いがついてるのに〜」
「おめぇなぁ、舐めるなら味付けのりがいいに決まってんだろ！」
「そっか、そっちののりか〜」
「そりゃそうだろ、匂いより味のが大事だからな！」
「沙羅魅は美味しそうな匂いかいだだけで胃酸でちゃうよ〜♪」
「やっぱおめぇ胃酸過多なんじゃね？」
「違うも〜ん！」
「だからおめぇが使った後のスプーンちょっと溶けて変形してんだよ〜」
「だから違うもん！　沙羅魅はスプーンから鉄分採ってるだけだもん！」
「マ、マジかよそれ？」
「マジだもん！　女子は鉄分たくさん必要なんだもん！」

トッピングカップル J

「ねぇ公ちゃん。join us ってなんだっけ？」
「はぁ？　まずは自分で考えてから聞けよな」
「考えたけどわからなかったんだもん〜」
「辞書は引いたか？」
「今辞書ないもん〜」
「しょうがねぇな。じゃあ、join はどういう意味だ？」
「一緒になるとか一緒にやるとか？」
「そうそれそれ。わかってんじゃん。じゃあ us は？」
「私たち？」
「そうそれそれ！　おめぇわかってんじゃん！」
「でも、ここからわからなくて」
「まあ、確かに英語は単語がくっつくと意味が変わったりするからな」
「どうなるの〜？」
「まずは自分で答えを出してみろよ」
「えっと、私たちと一緒だから、一緒にやろう？　的な感じかな？」
「う〜ん。考え方はいいが違うな」
「やっぱり？」
「まず英語っていうのは続けて読むと言葉が繋がるよな」
「うん」
「この場合はジョインアスじゃなくて、ジョイナスな」
「うんうん」
「あれ、今のでわかんなかったか？」
「えっ、全然わかんないよ」
「言葉を感じるんだよ。感じをフィーリングするんだよ。ジョイナス。続けて言ってみ」
「ジョイナス」
「うん。ジョイナス！」

「ジョイナス！」
「いいぞ！　ジョ〜イナス！」
「ジョ〜イナス！」
「よし。今ので何か感じたか？」
「うん！　なんか一緒に言ってたら楽しくなってきた！」
「そう。その感じ！　一緒にやるとわかってきただろ！」
「うん！　join us は仲間に加わってなんか一緒にやるって感じた！」
「あ〜、なるほど！」
「合ってた？」
「ちげぇな。そっちに行っちゃたか〜」
「え、違うの？」
「いいか、ジョイだぞ」
「ジョイ？」
「ジョイは joy で嬉しいとか喜びとか楽しいって意味だろ」
「うん」
「それからのナスだぞ」
「え、ジョイとナス？」
「つまりナスを楽しもうってことじゃん！」
「あ〜、そんな簡単なことだったんだ〜！」
「おめぇは難しく考えすぎなんだよ。日本語と英語が同じナスが入ってんだから気づけよな」
「え〜、まさか言葉が繋がって組み変わっちゃうとは思わなかったんだもん〜」
「だから日本人には英語が難しいんだよな」
「そっか〜。言葉の壁は案外厚いね〜」

トッピングカップル 茶

「今日寒いな〜」
「寒いね〜」
「こういう日はあったかいものが恋しいよな」
「そうだね〜。あったかいものが美味しいよね〜」
「ホットのアイスコーヒーとかな」
「あとあったかい冷しゃぶ鍋とかね〜」

「あったかいこたつに入りてぇな〜」
「いいね〜。こたつに入ってアイス美味しいよね〜」
「そうだな。相反するアシンメトリーな感じがいいんだよな」
「緑茶飲みながらの抹茶アイスとかね〜」
「そこは麦茶だろ」
「え、麦茶は夏の季語じゃない？」
「は？　麦茶場所を選ばずって言うだろ？」
「言うかな〜？」
「言うし！　英語じゃバーリーティーって言うぐらいだからな！」
「え〜！　ムギティーじゃないんだね〜」
「当たりめぇじゃん。抹茶はマッティーとは言わねぇだろ？」
「え、そうなの？　じゃあ、なんて言うの？」
「Matcha!」
「そ、そのまんま〜！」
「当たりめぇじゃん。加藤茶も Kato-cha になるんだからな」
「たしかに〜！」

「あれ？　抹茶アイスの蓋にはグリーンティーって書いてあるよね」
「そういえばそうだな」
「じゃあもしかして、抹茶は英語でグリーンティーなんじゃない？」

「はぁ？　おめぇはなんでも鵜呑みにするんだな」
「え〜。だって〜」
「ちょっと考えてみろよ。グリーンは日本語で？」
「みどり」
「ティーは？」
「お茶」
「つまりみどり茶だろ？　それって緑茶じゃん！」
「あ〜！　ほんとだ〜！　ってことは今まで抹茶アイスだと思って食べてたのは緑茶アイスだったんだね！」
「そうなるな」
「消費者金融に訴えなきゃ〜！」
「無理無理。すでに時効だから、泣き寝入りするしかねぇんだよ」
「え〜、タヌキ寝入りするしかないの〜！？」
「は？　それを言うならタヌキ寝入りキツネの嫁入りイタチの墓参りだろ？」
「イ、イタチの墓参り？」
「あ、おめぇもしかして知らねぇな？」
「そ、それぐら知ってるもん！」
「それこそイタチの墓参りだな！」

「ちなみに、teacher の語源はお茶から来てるんだぜ」
「え、教えるの teach から来てるんじゃないの？」
「は？　ティーチャーが先にあってその後にティーチができたんだよ」
「へぇ、そうなんだ〜」
「teacher は元々は千利休のことを先生って呼んでいたところから生まれた言葉なんだぜ」
「え、お茶の鉄人の！？」
「そうそう。先生先生って呼ばれてる千利休のことを外国人がお茶の先生ってことで tea 茶、teatcher ってなったわけ」

「なるほど〜。確かにつづりにteaが入ってるもんね！」
「あと、おっちゃんっていう言葉もお茶のおじさんってところから来てるんだぜ」
「え〜、知らなかった〜！　茶柱立っちゃう〜！」
「すげぇよな。千利休」
「うん。のりきゅうマジすごい！」
「のりきゅうパねぇよな！」
「あ、もしかしてもろきゅうも、のりきゅうから来てるんじゃない？」
「は？　それはねぇよ。きゅうりは緑だけどのりきゅうの専門外だし」
「そっか〜。そういえばオバQも小田急もお茶と関係ないもんね〜」
「そゆこと！」

☆ワンポイントトリビア☆
千利休は安土桃山時代なので、鎌倉以降の鉄人ですね。
つまり！　千に『の』は付かないのが正しいのです！
そして、利という字は『のり』とも読めるので、彼の名は
「利休」と書いて「のりきゅう」と読むのが正しいのです！

これからは千利休を「りきゅう」と呼ぶ人には正しい読み方を
教えてあげましょう♪

…… 信じるか、信じないかはあなた次第です！

トッピングカップル K

「ねぇ、公ちゃん。トッピングカップルって英語にすると『トッピング』と『カップル』だよね？」
「は？　おめぇ何言ってんの？　当たりめぇじゃん」
「つづりはどんなの？」
「そりゃ、おめぇそのまんまだろ？」
「え、そのまんまって？」
「だから、そのまんまだよ」
「もう、そのまんまがわからないから聞いてるんじゃん〜」
「おめぇもっと自分で考えろよな。トッピングはトップの ing 系だろ？」
「ってことは Toping ？」
「はぁ？　小さいツが入るからもう一個『P』が入るだろ？」
「そっか。じゃあ Topping だね！」
「そういうこと！」

「じゃあ、カップルは？」
「それもそのまんまだろ？」
「だから、そのまんまがわからないから聞いてるんじゃ〜ん！」
「やれやれ、カップルって聞いて何か気付かねぇか？」
「え、なに？」
「頭文字はカだから K だろ？」
「え、C じゃないの？」
「確かに cup は C でカだけど普通は K だろ」
「あれ？　カップルと cup は似てる！　もしかして……！」
「他人の空似だな」
「なんだ、ちがうのか〜」
「いいか、ここからが本題だぞ。オレの右手に K を持ってるイメージな」
「右手に K ？」

「左手はなんだと思う？」

「え、プル？」

「ちげぇだろ！ Kに母音が入ってないってことは母音がプル側にあるわけよ」

「あ、もしかして！」

「そう。appleだ！」

「そういうことね！」

「ここまで来ればあとは簡単だよ。右手にK、左手にapple」

「あ、なんかデジャブ！」

「英語にするとI have a K、I have an apple！」

「完全にデジャブ！」

「くっつけると！　ん〜！　Kapple！」

「わ〜、超簡単じゃん！」

「英語なんてローマ字できれば誰にでもできんだよ！」

「沙羅魅それは知らなかった〜。ためしてガッテンでもやってなかったよ〜！」

「そこじゃ英語やんねぇだろ」

「ってことは、右手にTopping、左手にKappleでKapple Toppingだね！」

「ちげぇし！　おめぇ自分でやるなら左手にTopping、右手にKappleにしなきゃ逆になるだろ」

「そっか〜！　早い話が英語で書くとTopping Kappleってことね♪」

「まぁ、そういうことだな！」

トッピングカップル K2

「トッピングカップルが Topping Kapple てことは略したら TK だね♪」
「は？　おめぇはバカか？」
「え、なんで〜？」
「TK はテツヤコムロだろ！」
「え、徹子？」
「ちょっとちげぇし！」
「そっか、ちょっとだけ違うか〜」
「いいか、Topping Kapple には P が 4 つも入ってるだろ」
「そうだね、ってことはパイナップルとアップル合わせて 4 つ P が入ってるってことでもあるね！」
「今回それは関係ねぇし！」
「え、PPAP の流行が終わってすぐに廃れると思うからその話はもう切り捨てるのね！」
「べらべらと本当のことを言うな！」
「時事ネタってその時しか笑えなかったりするもんね〜」
「話し戻すぞ」
「うん！」
「T は頭文字だから絶対入るけど、Kapple の K は 4 つの P と比べると弱いわけ」
「うん」
「つまり、Topping Kapple を略すと TP な」
「え、TPPPP じゃないの？」
「それじゃ、かなり長げぇだろ」
「じゃあ、TPP は？」
「それは経済の話になるだろ」
「違うもん！　とっぽっぽだもん！」
「それこそ時事ネタすぎだろ！」

「沙羅魅は TPP のがかわいいと思うよ〜」
「それじゃおめぇ、納豆の話だと思ったら北大西洋条約機構だったってなったらどう思う？」
「え、それは悲しい！」
「じゃあ、トッピングカップルの話だと思ったら環太平洋戦略的経済連携協定だったってなったらどう思う？」
「え〜、なんか難し話でてきたよ〜。なんで〜？」
「そこからかよ！」
「で、寛太伊兵衛用戦略的軽罪連携協定ってなに？」
「それこそ誰の話だよ」
「え、貫太と伊兵衛って言ったら大江戸八百長犯科帳の 2 人に決まってるじゃん！」
「は？　なんだよその鬼平犯科帳もどきみたいな話は」
「オリだよオリ、オリジナル♪」
「は？　誰の？」
「沙羅魅の〜！」
「はぁ〜？　おめぇのオリジナルかよ？　通りで誰もピンとこねぇわけだ」
「え〜、大江戸温泉の賭場を舞台に繰り広げられる化かし合いと人情とお銀のお色気戦闘シーンが目玉の大江戸八百長犯科帳を知らないの？」
「絶対ぇ知らねぇし、それにいったいどこをツッコメばいいんだよ！」
「おかしいな〜、付け入る隙はないはずだけどな〜」
「てか、大幅に話の主題を変えるな！」
「え、きっと貫太と伊兵衛に化かされたんだよ！」
「は？　なんでだよ？」
「だって、ふたりはプリキュアならぬ狐と狸だもん！」
「あ、だから化かし合いだったのか。じゃあ、お銀は鼬か？」
「わ、読めない！　てか、お銀って言ったら由美かおるでしょ？」
「おい、そっちは本物かよ！」

「そして、戦闘シーンのノーパンハイキックギリギリモザイクが見所！」
「いやいや、そこはパンツは穿かせとけよ」
「え、昔の女性はノーパンだったんでしょ？」
「大江戸温泉って言ってる時点で現代だろ？」
「違うもん〜。近未来SFファンタジーだもん〜」
「じゃあ、なおさらパンツでもタイツでも穿かせとけよ！」
「え〜、見所なくなるじゃん〜」
「てか、話し戻すぞ！」
「えっと、人情はお銀さんと新八がお神楽で……」
「おい、これ以上そっちの話を膨らますな！　つまり、TPPが環太平洋戦略的経済連携協定ってことな」
「つまり、トッピングカップルの略名がTPPだとそれと被るってことね！」
「そゆこと！　だから、Topping KappleはTPな」
「え〜、でも、それだと温泉用雑用用猫型ロボットを追いかけるTPと被るんだよな〜」
「鼠か？」
「タイムパトロール〜」
「そのまんまだな。まぁ、それと被ったぐらいなんでもねぇから、トッピングカップルのことは『TP』という認識をしてもらえればいいわけだ」
「え〜、沙羅魅はTP断固反対だけどな〜」
「おいおい、昔のなんとか党の選挙ポスターみたいなこと言ってんじゃねぇよ」
「え、なに党？」
「それを言ったらやばいから伏せるんだろ」
「あ〜、これが反対してても結局はTPに賛成するっていう伏線ね〜」

トッピングカップル BK

「おめぇ本当バカだよな」
「そんなことないもん。バカって言った方がバカなんだよ〜」
「はぁ？　バカって言った方がバカ、って言った方がバカなんだろ」
「もう。またそう言って沙羅魅のこと惑わそうとする〜」
「してねぇし、本当のこと言っただけだろ」
「もう公ちゃんのことなんて嫌いだもん！」
「なんだよ、ツンデレかよ」
「ツンデレじゃないもん！　この冷めた目を見てよ！」
「は？　そんなんまったく冷たくねぇし。ツンドラはそんなもんじゃねぇし！」
「違うもん。北風小僧の寒太郎ぐらい冷え冷えだもん！」
「なんだよそれ。ヒュルルーン、ルンルンルン程度じゃねぇかよ。寒くねぇし！」
「そんなことないもん！　さむうござんす！」
「いや、さむくござらんし！」
「さむうござんす！」
「さむくござらんし！」
「さむかろうだし！」
「はいはい。そういう発言がバカっぽいって思われるんだぜ」
「違うもんね。沙羅魅は頭いいもんね。今沙羅魅頭いいって言ったから、言った沙羅魅の頭がいいんだからね！」
「はいはい。沙羅魅は頭いいよ」
「やったー！　ついに認められた〜！」
「やれやれ、めでたいやつだな」
「って、ちょっと待って。まさか今のバカって言った人がバカを逆手に取って、頭いいって言った人が頭いいみたいな作戦でしょ〜！
公ちゃん、ずるい〜！」

「なんだよ。今度はデレツンかよ」
「また変な言葉出して騙そうとする〜！」

「公ちゃんはいいの？　沙羅魅達みんなにバカだって思われてるんだよ！」
「みんなって誰だよ？」
「読者とか作者だよ！」
「なんだそれ？」
「とにかく、名誉挽回しないとまずいの！」
「はいはい。それじゃあ名誉毀損で訴えればいいだろ」
「訴えなくていいの。証明すればいいの！」
「何を？」
「沙羅魅達がバカじゃないってこと！」
「なんだ。そんなん簡単じゃん。天才とバカは紙一重って言うだろ」
「つまり？」
「おめぇは実はバカに見えて実は天才だったってことにすればいい訳よ」
「え、なにそれ！？　そんな簡単なことで沙羅魅が天才だってことがたった今証明されたの？」
「そうなるな」
「やった〜。沙羅魅はもうバカじゃないんだね♪」
「あぁ、とりあえずこれからはバカも休み休み言えよな」
「うん。そうする！」
「おめぇは本当バカ正直だな」
「うん。いいでしょ♪」
「風邪もひかないもんな」
「うん。YG以来風邪ひいてないよ♪」
「確定だな！」
「うん♪」
「つける薬もねぇな」

「だね♪」
「こりゃ死んでも治んねぇな」
「えへへ、すごいでしょ♪」
「あっ、あれなんだ！？」
「え、どれどれ〜？」
「やっぱ見るな！」
「うん。そう言われると見ちゃうよね〜」
「単純だよな」
「そだね」
「言い換えると単細胞だよな」
「うんうん。それそれ！」
「おめぇの足はカモシカっていうか鹿だな」
「でしょ♪」
「髪の毛はポニーテールで馬だな」
「今日はね♪」
「まったく気付かねぇのな」
「え、なにに？」
「おめぇが大天才ってことにだよ」
「だよね〜♪」

トッピングカップル 20

「ビールまずいね〜」
「まぁ、ビールなんてこんな味だろ」
「そっか〜」
「……」
「なんか沙羅魅ちょっと酔っちゃったかも〜」
「……それはやべぇな」
「え、なんで？」
「おめぇ酔うと面白くなくなるんだよな」
「え、沙羅魅は笑い上戸で有名なんだけどな〜」
「そう言って全く笑ってねぇじゃん」
「まぁ、そうだけどね〜」
「すでに目が死んでるもんな」
「……」
「……」

「これうめぇな」
「そだね」
「……」
「……」

「なんかしゃべれよ」
「枝豆って美味しいね」
「そうだな」
「大豆と同じ豆なんだってね」
「そうだな」
「……」
「……」

「やきとり美味しいね〜」
「そうだな」
「とりはももだね〜」
「ぼんじりもいけるぞ」
「ぼんじりはお尻の肉だよね？」
「そうだな」
「にわとりのお尻だと思うとかわいいね〜」
「そだな」
「……」
「……」

「にわとりのお尻だと思うとさ」
「……」
「かわいいね〜」
「そだな」
「……」
「……」
「かわいいよね〜」
「だな」
「……」
「……」

トッピングカップル 0.1 未満

「ねぇ公ちゃん♪」
「なんだよ沙羅魅？」
「沙羅魅って世界一可愛いと思わない？」
「はぁ？」
「だから、沙羅魅って世界一可愛いと思わない？」
「いや、思わねぇな」
「え〜、ちゃんと見てよ〜」
「おめぇこそちゃんと鏡見ろよ」
「ひど〜い、公ちゃん目悪いんじゃないの？」
「残念でした〜。両目とも 1.0 あります〜」
「え〜、1.0！？」
「現代人にしてはすげぇだろ！」
「沙羅魅両方とも 3.0 だよ。半分しかないじゃん！」
「半分じゃねぇし、3 分の 1 だし！」
「つまり沙羅魅より悪いってことでしょ？」
「まあそうなる......って、おいおい！　おめぇと比べたら誰でも目悪くなるだろ！」
「たしかに〜！」

「で、沙羅魅って世界一可愛いと思わない？」
「はぁ？　またかよ」
「マジで沙羅魅って世界一可愛いと思わない？」
「マジで思わねぇな」
「え〜、ちゃんと見てよ〜」
「見てるだろ」
「見てないよ〜、ウィザフォばっかり見てるよ〜」
「いいだろ別に」

「よくないよ〜、モンストじゃなくて沙羅魅のこともっと見てよ〜」
「ずっと見てると見飽きるから見ないようにしてんだよ」
「あぁ、そういう戦法なんだね♪」

「つまりさぁ、沙羅魅って世界一可愛いと思わない？」
「はぁ？」
「ガチでさぁ、沙羅魅って世界一可愛いと思わない？」
「おめぇしつけぇな」
「しつこくないよ〜。かわいいんだから認めればいいんだよ〜」
「あぁ、沙羅魅はかわいいよ」
「でしょ〜、沙羅魅って世界一可愛いでしょ？」
「だから、それはありえねぇし！」
「なんで〜？　今かわいいって言ったじゃん！」
「言ったけどおめぇが世界一なわけねぇだろ？」
「ひど〜い、世界一はピカチュウとか言う気でしょ！」
「んなわけねぇし！」
「じゃあ世界一は誰よ？」
「知るかよ世界一なんて！　でも、これだけは確かだぜ！」
「なによ〜！」
「沙羅魅は宇宙一かわいいぜ！」
「ぶふぉ！」

トッピングカップル 0

「公ちゃん髪の毛1本ちょうだい」
「え？　って痛ぇじゃねぇか。抜いてから聞くなよな！」
「いいじゃん、抜く刹那に聞いたからギリギリセーフだよ〜」
「っていうか抜くなよ！」
「いいじゃん別に減るもんじゃないんだから〜」
「いや、減ってるから！」
「もう。髪の毛の1本2本抜いたぐらいで細かいんだから〜」
「じゃあ、おめぇは髪の毛抜かれても平気なのかよ？」
「それはダメだよ。だって、沙羅魅女の子だもん」
「なんだそれ？」
「髪は長い友達っていうでしょ」
「あぁ、そうだな」

「で、その髪の毛何に使うんだ？」
「おまもりに入れようと思って」
「入れるとどうなんだよ？」
「沙羅魅が死にそうな時に身代わりになってくれそうじゃん♪」
「なんだそういうことか」
「今度ね。ウチの道場の試合があってね。今回は勝てるか心配なの」
「なんだ、そんなことかよ。おめぇなら熊でもバイソンでも楽勝だろ」
「まぁそうなんだけど、相手は兄上だから」
「げ、マジかよ！　宗誠二のアニキと殺るのかよ！」
「ううん。きっと兵衛棍とだよ」
「なんだって！　おい、それは辞めとけ！」
「無理だよ！　父上が跡継ぎを本気で決めようとしてるんだもん！」
「いや、でもおめぇ。あの人の強さは異常だろ。チュパカブラを素手で10匹討伐したんだろ？」

「ちがうよ！　35匹！」
「パ、パねぇな……」
「どうしよう。公ちゃん。沙羅魅きっと殺されちゃう！　そしたら公ちゃんが身代わりになって死んじゃうよ〜！」
「それはやべぇな！　かなりやべぇな！」
「やばいでしょ！」
「おめぇ、オレのこと無理矢理運命共同体にしやがったな」
「ううん。そんなことはどうでもいいの！」
「どうでもよくねぇし！」
「沙羅魅いったいどうしたらいいの？」
「……」
「ねぇ公ちゃん！」

「おい、沙羅魅」
「なに？」
「オレと結婚するか？」
「え！」
「そしたらもう跡継ぎとか関係ねぇじゃん」
「え、でも。沙羅魅たちまだ付き合ってないじゃん」
「……。オレたち今まで付き合ってなかったの？」
「そうだよ」
「ただの幼なじみだったのか……」
「本当どうしよう……」

「わかった。沙羅魅！　オレと結婚を前提に付き合おう！」
「え、友達からでいい？」
「え、オレたち友達じゃなかったのか？」
「そうだよ」
「じゃあ、今までなんだったんだよ……」

「顔見知り？」
「じゃあ、今まで一緒にいたのはなんだったんだよ？」
「なりゆき？」
「なんか軽く傷つくな」
「軽くてよかったね♪」
「よくねぇし！」
「わかった！　しょうがないから沙羅魅は公ちゃんと付き合う！」
「って、しょうがなくかよ！」
「膳は急げっていうでしょ！」
「善な」
「つまり膳は必ずカツ！」
「てか、このタイミングでまたカツ丼喰うのかよ」
「試合前はブタを食べるのが家訓だからね♪」
「今まで以上に先が思いやられるな」

……

そう。こうしてトッピングカップルは誕生したのである！

トッピングカップル 01

「わけわかんねぇし！」
「だって、しょうがないでしょ！」
「結婚しても道場は継げるって婿入り前提かよ！」
「もちろんそうだよ。気付かなかったの？」
「そうならないようにするための結婚しようだったんだぜ？　おめぇこそ気付かなかったのかよ！？」
「え？」
「え、じゃねぇよ！」
「え？」
「わかったよ。オレが愚かだったよ」
「そう！　その通り♪」
「その通りじゃねぇ！」
「いたーい。公ちゃんが叩いた〜。倍返しだもん！」

「気がついた？　公ちゃん叩いただけで気を失ってたんだよ」
「ああ、そうみたいだな。危なくなんかの川を渡るとこだったぜ」
「大丈夫？」
「ああ、油断しちまったな」
「今夜が試合なの。公ちゃん来てくれるよね？」
「ああ、行くしかねぇだろ。おめぇん家でいいのか？」
「ううん。武道館だよ」
「は？」
「日本武道館」
「へ？」
「貸し切りなの」

観客で埋め尽くされた武道館は熱気の嵐。たった三試合を見る為に全国から集まった血に飢えた野獣たちの咆哮が谺する。
「火鋼燭瀬流」創設者である茶秀の跡を継ぐのは、長男兵衛棍か、次男宗誠二か、次女沙羅魅か、三男羅悪怒かッ！？
血で血を洗う戦いが今始まろうとしているッ！

第一試合　兵衛棍 VS 宗誠二
もちろん実力差は歴然ッ！
摩擦熱を利用し炎を操る火鋼燭瀬流と汗っかきの宗誠二はまさに、
水と油ッ！　分が悪いッ！
それと引き換え、脂汗っかきでハワイでファイヤーダンスの修行も積んだ兵衛棍の使う火鋼燭瀬流破猥弾蘇判血は父茶秀も一目置く必殺技ッ！

そして、百三十二秒後に決着ッ！
もちろん勝ったのは兵衛棍だッ！

第二試合　沙羅魅 VS 羅悪怒
こちらも実力差は歴然ッ！
羅悪怒は日頃からの仕打ちの仕返しをする間も無く沙羅魅にボッコボコにされた。沙羅魅に虐殺されずに済んだのは日頃のトレーニングのおかげで身体が頑丈だったからというわけではなく、羅悪怒が死んでは冷凍庫の中から美味しいアイスが出土しなくなるという食糧難を回避するためだったという沙羅魅の話だ。

「おめぇほんと強ぇよな」
「だって、羅悪怒は雑魚だもん。でも、兄上には勝てないと思う！」
「オレもそう思う！」

「公ちゃんひど〜い！　いったいどうしたらいいの？　まだ明日の朝ごはんも食べてないのに！」
「それは今日喰えるもんじゃねぇからしょうがねぇな」
「どうにか勝つ方法はないかな？」
「タイミング見て降参すればよくね？」
「それはだめだよ！
『家訓 その伍！　敵前逃亡は一族の恥晒し！　死をもって償うべし！』
だもん！」
「マジかよ」
「魔女と書いてマジよ！」

「あ〜！　いたいた！　沙羅魅ちゃん！」
「あ、あれ？　な、なんでここにいるの？」
「もう、探したぞ〜！　心配させて〜！」
「あっ、ひ、ひさしぶりっす！」
「なんだい、なんだい。固くなっちゃってハムちゃん！」
「いや、だって……」
「いんだよ、いんだよ。細かいことわ」
「細いっていうか、どうやってここに入って来たんすか？」
「え、敬語で話しちゃう？　もっとタメ口でいいよ〜」
「いやいや、そんなんむりっすよ！」
「はぁ？　おめぇ俺の娘に手出しといて生意気言っちゃうわけ〜？」
「父上！　公ちゃんをいじめないでよ〜！」
「やれやれ、沙羅魅ちゃんはハムちゃんにマジ惚れですか〜」
「別にそんなんじゃないもん！　ていうか舞台の横にずっといるはずなのにどうやってここに来たの？」
「そりゃ〜、落武者があそこで座ってるから俺はこうやって自由に動けるわけよ〜」

「あ〜、あれは父上の落武者だったのか〜w」
「え、影武者じゃないんすか?」
「はぁ?　ハムちゃんそんなこと言っちゃうわけ?」
「そうだよ、公ちゃん。絞め落として座らせた身代わりを落武者と言わずになんて言うと言うの?」
「あ、そういうことっすか……」
「で、大事な話なんだけどさ。ハムちゃんは沙羅魅ちゃんと一緒になるわけよね。ってことわさ、ハムちゃんがウチのカコウショクヒンリュウを継ぐようなもんでしょ?」
「え、そうなるんすか?」
「当ったり前だのクラッシャーだよ〜。ベエコン、ソウセイジ、ラアド、この中にハムちゃんが入って戦うのが本当はいいんじゃな〜い?」
「いや、でもオレは火鋼燭瀬流は使えないっすよ」
「そんなん関係ないっしょ。俺はかわいい沙羅魅ちゃんのために一肌脱いでおいでって言ってるんだよ」
「え、公ちゃんを身代わりに出していいの?」
「いいよ〜♪」
「いや、良くないっす!　しかも身代わりって負けるの前提っすか?」
「そうだよ〜。さすがに今の兵衛棍はこのチャーシューでも勝てないんだも〜ん」
「じゃ、初めから戦わないで平和的に決めてたらよかったじゃないすか」
「だめだめ、後継者は戦って決めるって代々決まってるの〜」
「え、茶秀さんが創始者っすよね?」
「あ〜、君いちいち細いね〜。昔はおじさ〜んってかわいかったのにね〜」
「そうだよ公ちゃん!　早く沙羅魅のために生贄になって来てよ♪」
「なんだよそれ〜!　オレもう焼かれるの確定じゃないかよ!」
「そうだよ〜。あと十分後に試合開始だから顔洗って出ておいでね〜。じゃあね〜」

「って、マジかよ～！」
「マジマジw　また兄上の技で人間の焼ける匂いが嗅げると思うと沙羅魅わくわくしちゃう♪」
「心配0%かよ。おめぇほんと中身はどす黒くて歪んでるよな」
「えへ♪　それほどでもないよ♪」
「オレがどうなってもいいのかよ？」
「大丈夫だよ。兄上上手だから痛いのは一瞬で安らかに逝けるから♪」
「それ大丈夫の範囲外だし！」
「じゃあ、この戦いが終わったら結婚してあげるからw」
「おい、勝手に死亡フラグ立ててんじゃねぇよ！」

最終試合　兵衛棍VS公太郎
こちらも実力差は歴然ッ！
いったい兵衛棍はどんな残忍なショーを見せてくれるのかッ！？
観客達はもっと血が見たいッ！　肉の焼ける匂いが嗅ぎたいッ！
そして、華奢な公太郎の身体がどう料理されるか沙羅魅の頭の中では妄想が止まらないッ！

「よう、公太郎。久しぶりだな」
「どもです、兵衛棍兄さん」
「おいおい、おめぇんに兄さん呼ばわりされる筋合いはねぇぞ」
「え、そんなこと言ったって昔からそう呼んでるじゃないっすか？」
「は？　おめぇんは俺の妹に手出しといて生意気言っちゃうわけ～？」
「す、すんません」
「で、おめぇん達結婚すんだろ？　いつだよ？」
「いや、それはまだ先になりますよ。ははっ」
「何笑ってんの？　おめぇんやっぱビビってんの？」
「そりゃ、今からボコられるのわかってるんで」

「へ〜、遣隋使ってことかよ？」
「え？　どういうことっすか？」
「はぁ？　遣隋使って言ったら鑑真だろ？」
「いや〜、たぶんなんすけど。鑑真は遣唐使......」
「はぁ？　変な見当してんじゃねぇよ？　じゃあ誰が遣隋使だよ？」
「小野妹子......」
「は〜？　それは世界三大美女だあろが〜！」
「す、すんません！」
「つまり俺が言いてぇのは非暴力主義者かってこと？」
「あ、ガンジーすっね」
「はあ？　おめっぁんはそう言って俺の話変える作戦かよ！？」
「ち、違います、違います！　なんでもないっす！」
「やれやれだよ、公太郎。折るのは話の腰だけにしてくれよな」
「は、はい......」
「で、最後に言い残すことはあるか？」
「いや、なんもないっす」
「へぇ、いさぎいいんだね。じゃあ始めよっか、もうみなさん血に飢えてるみたいだから」
「はあ......」

兵衛棍はいきなり両手を胸の前で合わせると勢いよく擦り合わせた！
「南無南無南無南無南無南無ッ！」

白い煙が上がり始めると観客達は叫び出すッ！
「ヤれー！　ベーコーン！」
「ハワイダンスパンチ見せてくれー！」
「焼き殺せ〜！」
「少しは歯向かえハムやろ〜！」

「兄上ヤッちゃえ～ッ！」

兵衛棍の両手から炎が上がると武道館は LUNA SEA のライブ並みに揺れに揺れたッ！　そう、今心がッ！　この世界がッ！
「さぁ、公太郎。念仏でも唱えるんだな」
「え、先に唱えてた......」
「ん？　なんだって？」
「す、すごいっすね！　完全にみんな兵衛棍さんのファンっすね！」
「だな。まるでファンクラブだな！　タクロウにでもなった気分だぜ！」
「GLAY っすか？」
「は？　乾杯の拓郎だろおうが！」
「あ、たぶんそれ剛っす！」
「は？　『ごう』は森田だろ～があ！」

空を切った兵衛棍の燃える拳が公太郎の顔の前に止まるッ！

兵 (´皿`)♨ (^-^') 公

「いいか。これは温泉じゃねぇぞ、炎が上がってんだぞ」
「そうっすね」
「おめぇさ、生ハムと焼きハムとどっちが好きだ？」
「食べるなら生ハムっすかね？」
「そっか、残念だわ。あいにく俺は焼くことしか考えてなかったわ」
「それにどっちみちオレには喰えないんでしょ？」
「だな。それにもうおしゃべりもできねぇな」
「ははは、でしょうね」
「じゃ、今生の別れに俺からおめぇぇぇに一句詠ってやるよォッ！」
『焼くよウグイス ホトトギス！　隣りの客はよく火球灸喰らう客だ！』

兵衛棍がカメハメハ風のポーズをすると手から炎の玉が飛んだッ!
炎の玉は兵衛棍の手から離れると真っ直ぐに公太郎の腹部に直撃ッ!
公太郎の身体は放物線を描きながら三回転半し、地面に落ちたッ!
歓声を上げ喜ぶ観客達ッ!
そして、兵衛棍は喜びの雄叫びを上げたのだッ!
「ついに火鋼燭瀬流破猥弾蘇判血は特殊攻撃技に進化したぞー!」

兵衛棍の叫び声を聞くと観客達は次々に兵衛棍を讃え始めたッ!
ベーコン!ベーコン!ベーコン!ベーコン!ベーコン!
ベーコン!ベーコン!ベーコン!ベーコン!

「兄上ッ〜!」
突然、沙羅魅がステージの上に飛び出し、兵衛棍の懐に飛び込むッ!

「さ、沙羅魅……」
「こ、これは公ちゃんの分だよ」
「どういうことふぁ?」
「おめでとう……」
「そ、そういうことか、すまないな沙羅魅。おまえ、やつのことが本当に好きだったんだな……」
「え、別に。とにかく! ついに兄上の灼熱波動拳が完成したんだね!」
「そうだな。ついに俺はあの手の伸びるインド人にも近づいたぞ!」
「本当におめでとう!」

しっかりと抱き合う二人。

「おい、沙羅魅。いい加減離れろよ。俺がシスコンだと思われるだろ」
「だったら、沙羅魅はベエコンだね♪ えへ♪」

「ちょっと待った〜〜！」

公太郎の声が武道館に響き渡るッ！
ざわつく、場内ッ！

「沙羅魅てめぇ、オレの仇を取るのかと思ったら違うのかよッ！」
「えっ、公ちゃんのおばけ！？」
「そうだな！　おめぇのおかげで化けて出られそうだぜぇ〜！」
「きゃ〜！　成仏して〜！」
「成仏なんてできねぇな！」
「むり〜！　ばけはむ〜！」

……

やあ、読者のみなさん。オレは公太郎と書いてハムタロウだ。
あの後、武道館で何があったのかちゃんと説明しないと、明日の朝ご飯の心配をする心のゆとりがないだろうからここで説明しようと思う。

まず、オレにはちょっとした超能力がある。なんだそれ！　って思うかもしれない、でも本当だ。念力とかテレポーテーションのようなすごいことはできないが、簡単な予知と催眠術が使えるんだ。特に催眠術は単純な頭の相手や集団に対しては大きな効果がある。そう、あの夜オレは武道館にいた全員に幻覚を見せて生き残ることに成功したんだ。

あの時、兵衛棍の技が未完成でオレに当たる直前に消えることを予知したオレは、技が当たり吹っ飛んだ幻覚を会場の全員に催眠術で見せた。
その後、前の試合で死んだ宗誠二とオレが一緒に舞台の真ん中で兵衛棍が火鋼燭瀬流の後継者であるとし、二度と不毛な戦いで次の後継者を決めないことを約束させた。そして最後に、宗誠二が生前に隠し持っていたという設定の7つのオレンジのボールでGod Dragonを呼び出して、オレを生き返してHappy Endって訳！
え、宗誠二も息返せばよかったって？　そんなの無理だし。本当に死んだ人間をオレにはどうすることもできねぇからな。宗誠二が生き返るのを拒んで天国に行くことにしたってことにするしかねぇだろ。

ちなみに、今のオレが頭良さそうに話してるのは実際は頭がいい訳ではなく、本の外の世界に語りかけている間は超能力で読者の思考とシンクロできていて、一時的に頭が良くなっているっていう設定だからな。
そこんとこよろしく！

というわけで、そろそろ宗誠二の葬式が始まるからオレは行くわ。
じゃあな！

「あ〜あ、兄上２号もドラゴンボールで生き返ればよかったのに〜。今からお葬式とか超面倒〜」
「おめぇ、そういうこと言うなよな。悪いのはおめぇの親父と兵衛棍兄さんだろ」
「公ちゃん！　沙羅魅の悪口もダメだけど、父上と兄上の悪口も言わないでよね！」
「わかったよ。あとあんまり外でボールのこと言うなよな。頭がおかしいやつっていうか、ボールを狙ってるやつが聞いたら襲われるぞ」
「え〜、マジで？　それはそれで摩訶不思議アドベンチャーできて楽しそうじゃん♪」
「やれやれだな。周りの人が巻き添えになったらどうすんだよ？」
「その時はその時よ！」
「あ、坊さん来たぜ。静かにしろよ」
「じゃあ、これから念仏でも唱えるのかなw」
「それは当たりめぇだろ！　ちなみにそれお経って言うんだからな」
「でも、お経って何言ってるのかわからないから退屈だよね〜」
「だな。馬鹿の耳に念仏とはよく言ったもんだよな」
「だね〜♪」

「てか、こんなお経初めてだし！」
「かもね。父上はゾロアスター教だから♪」

あとがき

読者のみなさま
トッピングカップルは楽しんでいただけたでしょうか？
あとがきから読むとネタバレがあるかもしれないので、最初にあとがきを読む派の人は覚悟しておいてくださいね！
というわけで、沙羅魅の父親の正体が公太郎の宿敵ダークサイドの米田卿だったわけですがびっくりですね！
私も最初に観たときは
「え、そうだったの？」
ってなりました！

そして、一緒に宇宙を征服しようってなる展開は王道を行っていますが、これからの展開はどうなるかわかりませんよ！
そう、熱い戦いが繰り広げられるこれからの展開から目が離せません！

では次回作『トッピングカップル 宇宙戦争編』をお楽しみに！
さよなら、さよなら、さよなら

完

というわけで、あとがき本編に入ります。

このトッピングカップルが本になるというのは年末ジャンボ宝くじで4等が当たるくらいの奇跡です。まさかポストに入っていたピザ屋のチラシで「ピザピザピザピザ」言っていたことからこんなぶっ飛んだふたりの会話劇がたくさんできあがるなんて誰が想像できたでしょうか？
たぶん私が知る限りでは魯山人ぐらいですね！

という具合にツッコミどころ満載、誤字満載でお送りしたトッピングカップルです。あなたはいくつ間違いに気づきツッコミができましたか？　中には意味不明な小ネタとかもきっとあったと思います。残念な話ですが、ここではすべて解説できないのでご容赦くださいね。
1つ、誰もわからないであろう所を解説するならば、35ページ目と151ページ目が白紙なのはチュパカブラとカントー地方の幻のポケモンを表しています。

というわけで、また話は変わります。
本来のトッピングカップルの順番では、波路琉登場の後に名前が一瞬出てきた桃苺橙、馳勤と山に行くという展開になっていた訳ですが、ふたりの会話がやはりメインだということに気がつき、現在そちらの話はストップしています。
そちらの話はかなり長編になって『ミトラモリリ』とか『郷に入っては郷に従えゴウダマシッタ教』が出てくる予定なので、ゆくゆくは超グダグダな実写映画化とかになったら面白いなと勝手に思っています。

最初から最後までフリースタイルで書いたトッピングカップル。ルールがあるようでまったくないのがトッピングカップル。あのしりとりは4個目の時点でアウトだったんじゃないかとかどんどんツッコミを入れて

ください。

それから、この本にはルビがないので沙羅魅に似た名前の沙羯羅とか難しい字があった時はぜひ辞書を引いてみてください。ちょっとした勉強になります。

そして、こちらの宇宙では太陽は東から登るはずなので、ふたりの細かい間違いに惑わされないようにお願いします。

もし間違った知識をトッピングカップルで覚えてしまっても誰も責任は持てません。何を信じて何を覚えるかはすべて自己責任でお願いします。

最後に、温かい目で書籍化を応援してくださったみなさま、この本を手に取り読んでくださったみなさま、本当にありがとうございました。

また次回作『トッピングカップル2』でお会いしましょう。

　　　　　　　　　　　　　　　　　　　　　　　　　　　広友孝美

☆トッピングカップルはフィクションです。
登場人物、団体、企業等は存在しませんので、見たこと聞いたことのある名前があっても他人の空似だと思います。くれぐれも現実と物語を一緒に捉えて混乱しないようお願い致します。

え、有名人の名前が同じ？　きっとそっくりさんですね！
え、トランプが大統領で同じ？　ザ・シンプソンズの昔のネタだってそうですよ。偶然偶然！　超偶然！

え、ドラクエがなんですって？
マヌーバーは英語であって呪文じゃないですよ。
福沢諭吉はストリートファイターではないですし、チュパカブラはUMAです！
あ、ウーパールーパーはこっちの宇宙では存在していますね♪

というわけなので、あなたの周りにもしも沙羅魅、公太郎と同じ名前の人がいても馬鹿にしないで温かい目で見守ってあげてください。
日本の東京の杉並区に住んでいてもきっと別人です。山田太郎とか赤川次郎とかそういう感じです。あと山田花子も然りです。

著者　広友孝美 (Song ad the Wain)

保育士をしていた頃に子ども向けの簡単な曲を作り始める。今も簡単な曲やポップスを作り、『note』や『アメブロ』などの SNS で発表している。『ご当地まゆげじゆうちょう』のメンバーでもあり、音楽と動画の制作で参加している。
面白いことが好き。面白い物を作るのが好きが高じて、広島県出身の某三人組アーティストが某アルゴリズム体操をする動画を作ったこともある。

現在、トッピングカップルは小説投稿サイト『カクヨム』でも連載中。本に載っていない話もあるので、ぜひアクセスして読んでみてください。

トッピングカップル

2017年3月13日　　　初版第1刷発行

著　者　広友孝美
　　　　　Twitter : @ToppingKapple
　　　　　Eメール : toppingkapple@gmail.com
表紙デザイン　Syrupp (Strawberry Big Fortune)
発行所　ブイツーソリューション
　　　　〒466-0848 名古屋市昭和区長戸町4-40
　　　　電話 052-799-7391　Fax 052-799-7984
発売元　星雲社
　　　　〒112-0005 東京都文京区水道1-3-30
　　　　電話 03-3868-3275　Fax 03-3868-6588
印刷所　藤原印刷

ISBN 978-4-434-23031-8　©Takami Hirotomo 2017 Printed in Japan
万一、落丁乱丁のある場合は送料当社負担でお取替えいたします。
ブイツーソリューション宛にお送りください。
本書の内容の一部または全部を無断で複写・複製、転記・転載することは、
著作権法の例外を除き禁じられています。